KB015202

모르는 여인의
편지

슈테판 츠바이크 소설시리즈 3

모르는 여인의 편지

초판 1쇄 인쇄 2020년 2월 25일
초판 1쇄 발행 2020년 3월 3일

-

지은이 슈테판 츠바이크
옮긴이 원당희
펴낸이 이방원
편집 정우경·김명희·안효희·윤원진·송원빈·최선희
디자인 양혜진·박혜옥·손경화
영업 최성수 **기획·마케팅** 정조연 **업무지원** 김경미

-

펴낸곳 세창미디어
출판신고 2013년 1월 4일 제312-2013-000002호
주소 03735 서울특별시 서대문구 경기대로 88 냉천빌딩 4층
전화 02-723-8660 | 팩스 02-720-4579
이메일 edit@sechangpub.co.kr | 홈페이지 http://www.sechangpub.co.kr

-

ISBN 978-89-5586-585-1 03850

ⓒ 원당희, 2020

_ 이 책에 실린 글의 무단 전재와 복제를 금합니다.
_ 책값은 뒤표지에 있습니다.

이 도서의 국립중앙도서관 출판시도서목록(CIP)은 서지정보유통지원시스템 홈페이지(http://seoji.nl.
go.kr)와 국가자료공동목록시스템(http://www.nl.go.kr/kolisnet)에서 이용하실 수 있습니다.
(CIP 제어번호: 2020006749)

STEFAN

모르는 여인의 편지

ZWEIG

슈테판 츠바이크 소설시리즈 **3**

원당회 옮김

세창미디어
MEDIA

Brief einer Unbekannten

모르는 여인의 편지

CONTENTS

1   009

2   013

3   127

역자 해설   131

1

　저명한 소설가 R 씨는 사흘 동안의 가벼운 산악 지대 여행을 마치고 아침 일찍 빈으로 돌아와 역에서 산 신문을 들춰 보고 있었다. 날짜를 힐끔 보니 오늘이 바로 자신의 생일이었다. 마흔한 번째 생일이라는 생각이 불현듯 떠올랐지만, 그렇다고 이를 새삼스레 확인하는 것은 그에게 기쁘다거나 서글프다는 느낌을 주지 않았다.

　그는 바스락거리는 신문을 서둘러 살펴보고는

택시를 잡아타고 집으로 향했다. 하인은 그가 외출했던 동안 두 사람의 방문객과 서너 통의 전화가 왔었음을 알리고, 그동안 모아 둔 우편물들을 쟁반에 담아 그에게 가져왔다. 그는 귀찮다는 듯이 그 편지들을 보다가 발신인으로 미루어 뭔가 흥미를 끄는 몇 통의 편지를 뜯었다.

그중에서도 낯선 필체에 지나치게 두툼해 보이는 편지 한 통을 우선 옆으로 밀쳐놓았다. 그사이에 하인이 다시 차를 날라 왔고 신문과 편지를 손에 들었다. 그는 안락의자에 편히 몸을 기댄 채 신문과 몇 가지 인쇄물을 대충 훑어보았다. 그러고는 입담배 하나를 피워 물고서야 비로소 밀쳐 두었던 편지를 집어 들었다.

그것은 어림잡아 20장가량 되는, 급히 써 내려간 여인의 불안한 필체였는데, 편지라기보다는 수기라고 하는 편이 옳을 듯했다. 그는 혹시 첨부된 다른 글이 없는지 무의식적으로 흔들어 보았다. 그러나 봉투에는 편지 외에는 아무것도 들어 있지 않았다. 안에 든 편지의 내용물에도 발신인의 주소나 서명 따위는 없었다. 이상히 생각하여 그는 편지를 다시 손에 들었다. 편지 윗부분에 이름을 대신하는 첫마디로 '저를 결코 알지 못하는 당신께'라고 씌어 있을 뿐이었다.

그는 내심 놀라움을 금치 못하며 잠시 생각에 잠겼다. 이게 정말 내게 온 편지일까? 아니면 꿈꾸는 사람에게 온 것일까? 그의 호기심은 점점 커졌다. 그는 서둘러 편지를 읽기 시작했다.

2

　제 아이는 어제 죽었답니다. 사흘 낮과 사흘 밤 동안 저는 이 조그만 생명, 연약한 생명을 두고 죽음과 격렬한 싸움을 벌였습니다. 독감이 아이의 가련한 몸뚱이를 무섭도록 뜨겁게 달구었던 40여 시간 내내 저는 침대 옆에 앉아 있었습니다. 저는 불같이 타오르는 아이의 이마에 차가운 것을 놓아 주면서 불안에 떠는 자그마한 손을 낮이나 밤이나 꼭 잡고 있었습니다. 사흘째 되던 날 저녁에는 저 역시 쓰러질 정도였습니다. 제 눈은 저도 모르게 뜰 수 없는 지경에 이르고 말았습니다. 3시간인지 4시간인지 모르겠지만 제가 딱딱한 의자에 앉아 있던 동안에 아이는 죽음의 부름을 받았습니다.

지금 그 아이는, 상냥하고 가련한 그 아이는 저기 누워 있습니다. 지금도 죽었을 때의 모습 그대로입니다. 총명하고 까맣던 눈동자는 감겨 있지만, 하얀 속옷 위의 두 손은 그대로 모아진 채이고 4개의 촛불이 침대 가장자리에서 타오르고 있습니다. 저는 감히 그 아이를 바라볼 수도, 몸을 움직일 수도 없습니다. 왜냐하면 촛불이 움직일 때마다 촛불이 자아내는 그림자가 그 아이의 얼굴과 꼭 다문 입술을 흔들고 있어서, 마치 그 아이의 몸이 살아 움직이는 듯싶기 때문입니다. 그래서 저는 그 아이가 죽지 않고 다시 깨어나, 어린애다운 귀엽고 해맑은 목소리로 제게 말을 건넬 것 같은 환상에 사로잡힙니다. 그 아이가 죽은 것을 잘 알고 있으면서도 말입니다.

저는 그 아이를 다시는 바라보지 않을 것입니다. 다시 희망을 품거나 속지 않기 위해서라도 말입니다. 저는 그걸 잘 알고 있습니다. 제 아이가 어제 죽었음을 저는 잘 알고 있습니다. 이제 저는 세상에 당신만을, 오로지 당신만을, 저에 대해 아무것도 모르는 당신만을, 아무런 내막도 모르고 주변의 유희에만 빠져 계신 당신만을 이 지상에 유일한 존재로 갖고 있습니다. 저는 제 존재를 전혀 알지 못하는 당신만을 제게 유일한 존재로 가지고 있어 왔고, 언제나 사랑해 왔습니다.

저는 다섯 번째 초를 들어 당신께 편지를 쓰고 있는 이 책상 위에 세워 두었습니다. 죽은 아이 곁에 홀로 있자니 제 영혼의 진실을 털어놓지 않을 수 없군요. 이 무서운 시간에, 저의 모든 것이었고, 지금도 그런 당신 말고는 어느 누구에게도 편지할 수 없었습니다. 이렇게 말씀드려도 제 마음을 당신께 분명히 전할 수 없을 것 같고, 당신 역시 제 말을 이해하시지 못할 것입니다.

저는 거의 정신이 없습니다. 정수리는 빠개질 듯하고 온몸은 고통으로 달아오릅니다. 저 역시 열이 있는 듯싶고, 잘은 모르지만 이집 저집 돌고 있는 무서운 독감에 걸린 것 같습니다. 어쩌면 잘된 일인지도 모르겠습니다. 저는 제 아이와 함께할 것이고 제게 아무 의미 없는 일에 신경 쓰지 않아도 될테니까요. 이따금 눈앞이 캄캄해집니다. 어쩌면 이 편지를 끝내지 못할지도 모르겠습니다. 그러나 있는 힘을 다해 당신께 단 한 번, 이번만은 기필코 말을 해야겠습니다. 저를 전혀 알지 못하시는 당신께 마지막으로.

당신께만 오로지 제 이야기를 할까 합니다. 당신께만 제 생애 처음으로 모든 것을 말씀드리려 합니다. 늘 당신의 것이면서도 당신이 알지 못하셨던 제 인생의 모든 것을 이제는 아셔야 할 때입니다. 하지만 당신이 제 비밀을 아실 때면 저는 이 세상에 없을 것입니다. 그리고 답장을 보내실 필요도 없을 것입니다. 제 팔다리를 이처럼 차갑고도 뜨겁게 뒤흔드는 이 병도 그때쯤이면 종말을 고할 테니까요. 하지만 제가 만약 계속 살게 된다면, 저는 이 편지를 찢어 버리고, 제가 이제껏 침묵했듯이 그렇게 살아갈 것입니다. 혹시 이 편지가 당신의 손에 들어간다면, 여기 죽음 앞에 선 한 여인이 자신의 일생을 말하는 것이라고 여겨 주십시오.

이것은 최초의 그 순간부터 숨을 거두는 마지막 순간까지 당신의 것이었던 한 여인의 삶에 대한 고백입니다. 제 말을 두렵게 생각지는 말아 주세요. 죽음을 눈앞에 둔 여자가 더 이상 바랄 것이 무엇이 있겠습니까. 저는 사랑도 동정도 위안도 바라지 않습니다. 단지 이 한 가지, 제 고통스러운 모든 말을 당신께서 믿어 줄 것을 바랄 뿐입니다. 제 모든 고백을 믿어 주세요. 오직 이것만을 당신께 간청

합니다. 하나밖에 없는 자식이 죽은 순간에 거짓을 말할 사람은 아무도 없을 테니까요.

제가 살아온 삶에 대해 당신께 솔직히 말씀드리고 싶습니다. 제 삶은 당신을 알게 된 바로 그날부터 시작됩니다. 이제 와서 생각해 보면 그 이전의 삶은 어딘지 흐릿하게 엉클어져 있을 따름입니다. 먼지가 자욱하고, 엉켜 있는 거미줄처럼 모호한 사물들과 사람들이 오가는 그 어느 지하실에 관한 기억은 전혀 남아 있지 않습니다.

당신이 오셨을 때 저는 겨우 13살 난 아이였습니다. 저는 지금 당신이 살고 계신 바로 그 집에 살고 있었습니다. 당신이 지금 저의 마지막 숨결인 이 편지를 읽고 계신 곳, 저는 그곳과 복도를 사이에 두고 마주 보고 있는 방에 살고 있었습니다. 당신은 물론 우리 가문과 가난한 서기의 과부(어머니는 늘 상복 차림이셨습니다)와 덜 자란 **빼빼** 마른 소녀를 기억하지 못할 것입니다.

우리는 아주 소리 없는 미미한 존재였고, 소시민적 궁핍에 빠져 있는 모습으로 살았지요. 당신은 아마 우리의 이름을 들어 보지도 못했을 것입니다. 그럴 수밖에 없는 것이 우리 집엔 문패라는 것도 없었고 우리를 찾아오는 사람도, 우리의 안부를 묻는 사람도 없었으니까요. 이는 정말 오래전의 일, 15년이나 16년, 아니 당신이 기억할 수 없는 먼 옛날의 이야기입니다.

하지만 저는 그 모든 일들을 빠짐없이 기억합니다. 처음 당신의 이야기를 듣던 날, 처음으로 당신의 모습을 보던 날, 그 시간까지도 아직 생생하게 기억합니다. 저에게 있어서 진정한 세계는 그때부터 시작됐는데 어찌 그것이 제 기억에서 지워질 수 있겠습니까. 사랑하는 이여, 부디 제가 하려는 이 모든 이야기를 끝까지 참고 들어 주십시오. 청컨대 단 15분만, 평생 동안 당신만을 사랑하게 된 제 자신의 이야기를….

당신이 우리 집에 이사를 오기 전만 해도 당신의 방에는 흉하고 고약한 왈패들이 세 들어 살았었습니다. 그들은 자신들도 가난하면서 이웃 사람들의 가난을, 특히 우리 같은 사람들의 가난을 너무나 증오했습니다. 똑같은 빈민 주제에 우리가 자신들처럼 천박하고 프롤레타리아적 난폭함을 보이지 않는다는 것이 이유였습니다.

주정뱅이인 그 집 남편은 자기 아내를 마구 때리곤 했습니다. 한밤중에 의자가 넘어지고 접시가 깨지는 소리에 잠을 깬 적이 한두 번이 아니었습니다. 언젠가는 그의 아내가 피가 나도록 얻어맞고 머리카락이 온통 흐트러진 채 계단을 뛰어 내려갔습니다. 주정뱅이가 그녀를 쫓아가며 고래고래 소리를 질러 마침내 이웃 사람들이 모여 그를 경찰서로 끌고 가겠다고 으름장을 놓기도 했었지요.

저의 어머니는 처음부터 그들과 상대하는 것을 피했고, 제게는 그 집 아이들과 이야기도 하지 말라고 하셨죠. 그래서 그 애들은 틈만 나면 저를 못 살게 굴곤 했습니다. 거리에서 저를 만나면 쫓아와 욕설을 해 대기 일쑤였지요. 심지어 언젠가는 단단한 눈뭉치로 저를 때려 이마에서 피가 난 적도 있었습니다. 이웃 사람들 모두 마음속으로 그 사람들을 미워했는데, 그것은 인지상정이 아닌가 싶습니다. 그런데 갑자기 어떤 사건이 일어나서 ―그 남자가 절도죄로 감옥에 가게 된 것 같습니다― 그들이 잡동사니 같은 살림을 끌고 이사를 가게 되었을 때, 우리 모두는 안도의 숨을 내쉬었답니다. 그런데 세를 놓는다는 쪽지가 며칠 동안 방문 앞에 걸려 있더니 나도 모르는 사이에 없어졌습니다. 집주인 입에서 나온 말을 들으니 새로 방을 얻은 사람은 작가이자 독신인 조용한 분이라더군요. 그때 저는 처음으로 당신의 이름을 알게 되었습니다.

이삼일이 지나자 칠장이가 왔습니다. 곧이어 미장이와 목수, 실내장식하는 사람들이 줄줄이 와서

먼저 사람들이 살던 지저분한 방을 말끔하게 꾸몄습니다. 망치질하고 두드리고 닦고 벗기는 소리가 시끄럽게 들려왔지만, 어머니는 흡족해하실 뿐이었습니다. 어머니는 이제 그 지저분한 건넛집 살림이 끝났다고 말씀하셨습니다.

당신이 이사를 오는 동안에도 저는 당신, 당신의 얼굴을 볼 수 없었습니다. 이 모든 일을 당신의 하인, 몸집이 작고 진지해 보이는 회색 머리의 그분, 그 집사 양반이 감독하셨지요. 그분은 침착하고 꼼꼼하게 이런저런 일들을 처리하셨습니다. 우리는 그분에게 아주 감탄했습니다. 그 이유는 첫째로 이처럼 교외에 있는 공동 거주지에 집사라는 존재는 꽤나 호기심을 불러일으키는 것이기 때문이었습니다. 둘째로 그가 모든 사람에게 공손하면서도 심부름꾼을 자처하며 사람들과의 대화에 관여하여 쓸데없는 소리를 하지도 않았기 때문이었습니다. 그는 제 어머니께는 첫날부터 귀부인을 대하듯 예를 갖추었고 저 같은 말괄량이 어린애에게도 항상 친절하고 진지했습니다. 또한 그는 당신의 이름을 부를 때면 늘 아주 위엄 있고 존경심 어린 태도를 취했습니다. 누가 봐도 그가 성심성의를 다하여 당신께 봉사함을 즉시 알 수 있었습니다. 그래서 저는 그 친절하고 나이 든 요한을 얼마나 좋아했는지 모릅니다. 그러나 그가 항상 당신 주변에 머물며 당신께 헌신하는 것에는 질투가 날 정도였습니다.

이 모든 사소하고 우스꽝스런 일들을, 저는 사랑하는 당신께 소상히 말씀드리고자 합니다. 이는 당신이 저처럼 수줍고 겁 많은 계집애에게 처음부터 얼마나 커다란 영향을 미쳤는지 이해시켜 드리기 위해서입니다. 당신이 제 삶의 한가운데로 들어오시기 전부터 당신의 주변에는 어떤 빛의 무리가, 이를테면 풍요로움과 독특함, 비밀스러움 따위가 감도는 것 같았습니다. 교외의 보잘것없는 아파트 주민들인 우리 모두는 당신의 이사를 벌써부터 초조하게 기다렸습니다. 궁한 삶을 사는 사람들이란 언제나 자기 집 문 앞에서 일어나는 새로운 일을 호기심에 가득 차서 기다리는 법이지요.

하지만 당신에 대한 제 호기심이 정작 무르익었던 순간은, 어느 날 오후 학교에서 집으로 돌아오는 길에 가구를 잔뜩 실은 마차를 집 앞에서 보았을 때였습니다. 사람들은 무거운 물건을 옮기고 있었습니다. 저는 그 광경을 구경하기 위해 문 앞에 멈춰 섰는데, 그도 그럴 것이 당신의 모든 물건들은 제가 이제껏 한 번도 본 적이 없는 아주 특이한 것들이었기 때문입니다. 그 물건들 중에는 인도의 불상, 이탈리아제 조각품, 아주 화려하고 커다란 그림, 그리고 저로서는 상상도 할 수 없었던 수많은 양장본 서적들이 있었습니다. 그 모든 물건들을 문간에 층층이 쌓아 놓으면 하인이 그걸 받아 먼지떨이로 하나씩 꼼꼼하게 먼지를 털어 내는 것도 보았습니다. 저는 점점 더 높이 쌓여 가는 책들 주변을 신기한 마음으로 왔다 갔다 했었고, 하인은 그런 저를 내쫓거나 아는 체하지도 않았습니다.

저는 그 많은 책 표지의 부드러운 가죽을 어루만져 보고 싶었지만 감히 손을 대지는 못했습니다. 곁에서 그저 책의 제목만 바라보았을 뿐입니다. 그것들은 프랑스어, 영어, 그 밖에 제가 모르는 여러 외국어로 되어 있었습니다. 그때 저를 부르는 어머니의 음성이 들려오지 않았다면, 아마도 저는 몇 시간이고 내내 그 책들을 들여다보고 있었을 것입니다.

그날 저녁 내내 저는 아직 보지 못한 당신만을 생각했습니다. 제가 갖고 있던 책은 겨우 12권, 다 해져 가는 두꺼운 표지의 값싼 책들로, 저는 그것을 무엇보다 소중히 여겼고 반복해서 읽어 왔습니다. 그런데 그렇게 많은 훌륭한 책을 소유하고 그것을 읽는 사람은 대체 어떤 분일까, 그 생각에 저는 몹시도 흥분했습니다. 그 모든 외국어를 알고 있고, 그토록 부유하며 학식이 높은 분에 대한 생각에 말입니다.

그 많은 책들과 결부되어 일종의 신성한 존경심이 마음속에서 생겨났습니다. 저는 상상력을 동원하여 당신을 그려 보았습니다. 하얀 수염을 기르고 안경을 쓴 나이 지긋하신 분, 우리 학교의 지리 선생님과 비슷하지만, 그보다 더 자애롭고 더욱 잘생긴 용모에 더 부드러운 분, 그런데 제가 무엇 때문에 당신을 나이 든 분이라 생각했으면서도 잘생겼을 것이라고 상상했는지는 모르겠습니다. 그날 밤, 저는 알지도 못하는 당신의 꿈을 꾸었습니다.

당신은 다음 날 이사를 오셨습니다. 그러나 아무리 살펴도 당신의 얼굴을 뵐 수가 없었습니다. 그럴수록 호기심은 더욱 커져 갔습니다. 마침내 사흘째 되던 날 당신을 보았을 때 제 놀라움이 얼마나 컸었는지 모릅니다. 당신은 제가 어린 마음으로 상상한 성자와는 너무나 다른 모습이었으니까요. 저는 본래 안경을 쓴 자애로운 모습의 노인을 꿈꾸었답니다. 그때 제 앞에 나타난 당신은 연갈색 화려한 양복을 입고, 젊은 남자 특유의 발랄한 동작으로, 한 번에 두 계단씩 껑충거리며 계단을 오르고 계셨습니다. 당신이 그때 모자를 손에 들고 계셔서 저는 나부끼는 머리카락과 더불어 환하고 활기찬 얼굴을 보게 되었습니다. 정말로 너무나도 젊고 아름다우며 날씬한 당신의 고상한 모습에 놀라 멍하니 서 있었습니다.

그렇다고 제 태도가 유별났던 것은 아니었습니다. 이 첫 순간에, 저뿐만 아니라 당신을 본 사람이면 어느 누구나 저처럼 일종의 놀라움에 충격을 받았을 테니까요. 아마도 당신은 유희와 모험에 몰두하는 열정적이고 발랄한 젊은이이자, 동시에 예술에 대해서는 준엄하고 박식하며, 또한 의무감이 강하고 무한한 교양을 쌓은 분일 것 같았습니다. 제가 볼 때 당신은 이중의 삶을 살고 계셨습니다. 누구든 당신을 볼 때 느끼는 인상을 저는 무의식적으로 감지했습니다. 어딘지 이중적인 인간성을 가진 사람처럼 보이는 첫인상을 말입니다. 다시 말해 세계를 자유롭게 열어 나가는 발랄한 일면의 삶과, 이와는 반대로 당신만이 소유하고 있는 어두운 일면의 삶 말입니다. 당신 존재의 비밀과도 같은 이 깊은 이중성을 13살 된 제가 당신을 처음 보았을 때 느꼈던 것입니다.

사랑하는 이여, 이젠 이해하시겠죠? 어린애였던 제게 당신이 얼마나 놀라운 존재였고 유혹적인 수수께끼였는지를! 우리는 상상할 수도 없는 저 넓은 세계에서 명성이 자자한 어떤 분, 사람들이 경애해 마지않는 분을 갑자기 스물댓 살의 젊고 고상하며, 발랄하고 쾌활한 청년으로 맞이하다니!

저는 또 한 번 당신께 털어놓아야겠습니다. 그날부터 저의 가련한 어린 세계 안에는 오직 당신만이 전부였습니다. 저는 13살짜리의 고집스러움과 혹독한 인내심으로 당신의 삶과 존재의 주변을 집요하게 맴돌았습니다. 저는 당신을 관찰하였습니다. 그러나 당신에 대한 저의 호기심은 줄어들지 않고 갈수록 커져 갔습니다. 당신이라는 존재의 어떤 완전한 이중성이 여러 부류의 방문객들 속에서 그대로 드러났기 때문입니다. 젊은 친구들이 올 때면 당신은 웃고 활기에 넘쳐 있었습니다. 때로는 찢어지게 가난한 대학생들이 당신을 찾는가 하면, 자동차로 달려온 여성들도 있었습니다. 또, 한번은 멀리서 본 적이 있는 그 유명한 오페라 지휘자도 온 적이 있었습니다. 때로는 상업학교에 다니면서 수줍은 기색으로 당신의 방으로 밀치고 들어가는 어린 아가씨들도 있었습니다. 정말이지 많은 여성들이 당신을 찾았습니다.

저는 그런 것을 별로 이상하게 생각하지 않았습니다. 어느 날 아침 학교에 가려고 문을 나서다가 베일로 얼굴을 완전히 가린 부인이 당신의 방에서 떠나는 것을 보기도 했지만, 저는 그리 이상하게 생각하지 않았습니다. ― 저는 그때 겨우 13살이었고, 더욱이 당신의 주변을 살피고, 몰래 엿듣던 그 불타는 호기심이 사랑이었음을 미처 알지 못했습니다.

그러나 사랑하는 이여, 저는 당신에게 완전히 빠져 버린 그날, 그 시간을 아직까지도 또렷이 기억하고 있습니다. 저는 학교 친구와 산책을 하고 문 앞에서 그 애와 잡담을 나누며 서 있었습니다. 그때 자동차 한 대가 달려와 멈춰 섰습니다. 당신은 매우 탄력 있는 날렵한 동작으로, 지금도 제 마음을 사로잡는 그 방식으로 차에서 뛰어내려 문으로 들어가려던 참이었습니다. 저는 무의식적으로 당신께 문을 열어 드리려 했고, 그 때문에 하마터면 우리는 서로 부딪칠 뻔했습니다. 당신은 부드럽고 따뜻하며, 그토록 유연한 무엇인가를 간직한 눈초리로 저를 바라보았습니다. 그렇습니다. 부드럽다고밖에는 표현할 도리가 없습니다. 당신은 속삭이듯 나지막한 목소리로, 그리고 이전부터 친숙한 사이였던 것처럼 "고마워요, 아가씨"라고 하셨습니다.

사랑하는 이여, 그것이 전부였습니다. 그러나 그 순간부터, 그 부드럽고 친숙한 눈길을 받은 후부터, 저는 당신에게 빠져 버렸습니다. 그렇지만 얼마 지나지 않아 당신은 그 포옹하듯 잡아끄는 매혹의 눈길을 어느 여인에게나 보낸다는 사실을 알게 되었습니다. 당신은 감싸는 듯하면서도 동시에 옷을 벗기는 듯한 그 타고난 유혹의 눈길을 길가에서 마주치는 어느 여인에게나, 심지어 물건을 파는 여점원이나 문을 열어 주는 안내양에게도 보내는 것이었습니다. 물론 당신의 그 눈길은 노골적으로 욕망을 드러내는 그런 막된 것이 아니었습니다. 여인을 볼 때의 그 눈길은 여인에 대한 당신의 타고난 친절함 때문에 아주 무의식적으로 부드럽고도 따뜻하게 우러나는 것이었습니다. 그러나 겨우 13살이었던 저는 그것을 헤아릴 수 없었습니다. 저는 부드러움이 제게만, 저 한 사람에게만 보내지는 것이라고 착각했습니다. 저는 뜨거운 불기둥의 세례를 받았던 것입니다. 그리하여 그 순간에 미성숙한 소녀 안에 있던 여성은 잠에서 깨어나 영원히 당신에게 바쳐진 것이었습니다.

언젠가 제 학교 친구는 제게 "저 분이 누구시니?"라고 물은 적이 있었지요. 저는 즉시 대답을 하지 못했습니다. 저는 당신의 이름을 입 밖에 낼 수가 없었습니다. 그토록 짧은 순간에 이미 당신의 이름은 제게 신성한 의미를 지니게 되었고, 또 큰 비밀이 되어 버렸기 때문입니다. "응, 여기 같이 사는 어떤 분이셔." 저는 더듬거리며 말을 얼버무렸습니다.

"그런데 그 남자가 너를 쳐다볼 때, 넌 왜 그렇게

얼굴을 붉히는 거야?"

친구는 계집애다운 호기심으로 저를 짓궂게 놀려 댔습니다. 그런데 그 애가 제 비밀을 비웃듯이 추근거리는 바람에 제 얼굴은 한층 더 후끈 달아올랐습니다. 저는 너무나 당황해서 화를 발끈 내고 말았습니다.

"이 망할 계집애가!" 저는 사납게 욕을 했습니다. 정말로 그때는 그 애를 죽이고 싶은 심정이었습니다. 그런데도 그 애는 크게 웃으며 나를 놀려 대는 것이었습니다. 저는 너무 분한 나머지 눈물을 흘릴 지경에 이르렀습니다. 그래서 그 애를 거기 남겨 둔 채 저희 집 계단을 뛰어 올라가 버렸습니다.

그 순간부터 저는 당신을 사랑했던 것입니다. 저는 많은 여인들의 사랑한다는 말이 만성이 된 당신에게 그 말을 되풀이했으리라는 것을 알고 있습니다. 그러나 저만큼 그렇게 노예나 개처럼 맹목적으로 당신을 사랑했고 또 영원히 사랑하는 존재는 없으리라 생각합니다. 이 세상의 어떤 사랑도 어둠 속에서 남몰래 누군가를 바라보는 소녀의 사랑만은 못한 것이랍니다. 그것은 너무나 절망적이고 헌신적이며, 너무나 순종적이고 애끓는 열정적인 사랑이기 때문입니다. 그것은 성숙한 여인의 욕정적이고 충동적인, 따라서 자기만족에 머무는 사랑과는 전혀 다릅니다. 오직 고독한 소녀들만이 뜨거운 사랑의 순정을 간직할 수 있는 법입니다. 고독을 모르는 사람들은 그들의 감정을 여러 사람들과 떠들며 없애고, 허물없는 사교로 그것을 소모합니다. 그들은 사랑에 관한 많은 이야기들을 듣거나 책에서 읽고 이를 통해 사랑을 그렇고 그런 사람들의 운명으로 이해합니다. 그들은 장난감을 갖고 놀듯 사랑을 즐기며, 아이들이 처음으로 담배 피우는 것을 뽐내듯이 사랑을 자랑합니다. 그러나 저는 어느 누구에게도 그런 것을 배울 수 없었고, 어느 누구에게도 충고를 받거나 경험을 나누며 앞날을 헤아려 본 적이 없었습니다. 저는 그래서 어두운 심연 속에 떨어지듯 제 운명 속으로 떨어졌습니다. 모든 것은 제 마음속에서 자라나 꽃을 피웠고, 그것이 만나는 것은 오직 당신이라는 사람, 유일한 밀담자 인 당신에 대한 꿈, 바로 그것이었습니다.

제 아버님은 일찍이 돌아가셨습니다. 어머니는 항상 우울한 압박감과 셋방살이 신세에 시달리고 계셔서, 주위의 모든 것이 제게는 낯설었습니다. 이런 상태에서 저는 제 마지막 열정이었던 사랑을 가지고 타락한 여학생들이 경솔하게 장난질 치는 것을 볼 때 격분하곤 했습니다. ― 반면에 저는 이 제껏 분열되고 조각난 모든 것들을 당신에게 몽땅 내던졌습니다. 억눌리면서도 늘 다시 끓어오르는 저의 전부를 당신께 내던진 것입니다. 당신은 제 게, 아, 그걸 어떻게 말씀드려야 할까요? 어떤 비유 로도 너무 부족합니다. 어쨌든 당신은 제게 모든 것, 제 생명 전부였습니다. 저의 모든 것은 당신과

연결되는 것에 한해서만 존재하고, 당신과 관계있는 것만이 의미였습니다.

당신은 제 인생을 완전히 바꾸어 놓았습니다. 이제껏 학교에선 평범하고 성적도 중간이었던 제가 갑자기 최고로 우수한 아이가 되었던 것입니다. 저는 밤늦도록 수많은 책을 읽었습니다. 이는 오직 당신이 책을 좋아한다는 걸 알았기 때문입니다. 저는 또 갑자기 어머니가 놀라실 만큼 지독히 떼를 써서 피아노를 배우기 시작했습니다. 이 또한 당신이 음악을 좋아한다고 생각했기 때문이었습니다. 제가 예쁜 옷을 차려입고 바느질했던 것도 오로지 당신의 마음에 들고 당신에게 깨끗한 모습을 보여 드리기 위해서였습니다. 그래서 저는 어머니의 실내복을 잘라 만든 낡은 교복 왼쪽 모퉁이에 네모나게 기운 자리가 있는 것이 지독하게 싫었습니다. 당신이 그걸 보고 저를 경멸하지나 않을까 두려웠기 때문입니다. 그래서 저는 계단을 오를 때면 언제나 가방으로 그곳을 가리고, 당신이 그걸 보면 어쩌나 하는 불안에 떨었습니다. 하지만 그건 얼마나 어리석기 짝이 없는 짓이었는지요. 당신은 저를 보지도, 다시는 거들떠보지도 않으셨는데 말입니다.

그런데도 저는 온종일 당신만을 기다리고, 당신의 동정을 몰래 살피는 데 열중했습니다. 우리 집 문에는 작은 놋쇠로 만들어진 열쇠 구멍이 있었습니다. 그 둥근 열쇠 구멍으로 저는 건너편에 있는 당신 방문을 살펴볼 수 있었습니다. 그 열쇠 구멍은 세상을 들여다보는 저의 유일한 눈이었지요. 아, 제발 비웃지는 마세요, 오늘 이 시간까지도 저는 그 일을 조금도 부끄럽게 생각하지 않습니다! 그곳에서, 얼음처럼 차가운 문간방에서, 저는 어머니의 의심을 살까 두려워하며 해가 가고 달이 가는 긴 세월을 앉아 있었습니다. 손에는 책을 들고, 당신의 모습을 그리며 노래하는 현악기의 활처럼 신경을 팽팽하게 곤두세우고, 저는 오후 내내 당신을 기다리며 그렇게 엿보고 있었답니다.

저는 긴장과 감동을 번갈아 맛보며 언제나 당신을 찾아 헤맸습니다. 그러나 당신은 조금도 눈치를 채지 못하고 있었습니다. 마치 당신 주머니 속에 들어 있는 시계가 초조하게 어둠 속에 웅크리고 앉아 시간을 세고 또 재고 있는데도, 그 시계 바늘의 떨림을 느끼지 못하는 것처럼 말입니다. 또한 당신이 가는 길에서 언제나 작은 가슴을 두방망이질 치고, 몇백만 번의 초침을 똑딱거려도, 단 한 번의 가벼운 눈길도 받지 못하는 시계 바늘의 긴장처럼 말입니다. 저는 당신에 관해서 잘 알고 있었습니다. 당신의 모든 습관, 당신의 넥타이들, 당신의 양복 하나하나에 이르기까지 구석구석을 다 알고 있었습니다. 당신의 친구들을 제각기 알고 구별할 수 있었으며, 그리하여 그들을 마음에 드는 사람과 거슬리는 사람으로 나누기도 했습니다.

13살에서 16살이 될 때까지 저는 매 순간을 당신

내부에서 살았습니다. 아, 얼마나 바보스러운 일에 뛰어들었던가요! 저는 당신 손이 닿았던 문의 손잡이에까지 입맞춤을 하였습니다. 그런가 하면 당신이 집 안으로 들어갈 때 던져 버린 담배꽁초를 몰래 주워 가기도 했습니다. 당신의 입술이 닿았던 물건이어서 제게는 소중했기 때문입니다. 헤아릴 수는 없지만, 저녁이 되면 어떤 핑계로라도 골목으로 뛰쳐나가, 당신 방의 어느 창에 불이 켜져 있는지 알아보곤 했습니다. 그렇게도 당신의 존재를, 눈에 뵈지 않는 당신의 존재를 가깝게 느껴 보려고 애썼더랍니다. 당신이 여행을 떠난 몇 주 동안 ─착하기 그지없는 요한이 당신의 노란 여행 가방을 들고 내려오는 것을 보았을 때, 제 심장은 끊임없는 불안으로 멈출 듯했죠─ 제 생명은 죽어 있는 것 같았고 넋조차 빠져 버린 것 같았습니다. 짜증나고 권태로운 아주 불안한 마음으로 이리저리 돌아다녔습니다. 그러면서도 저는 어머니가 너무 울어서 부어오른 제 눈을 보고 저의 절망감을 알아차리지 않을까 조심해야 했습니다.

저는 잘 압니다. 여기서 제가 지금 말씀드리는 그 모든 것이 상식을 벗어난 기이한 이야기이며 너무나 어리석은 이야기라는 것을. 저는 이를 부끄럽게 여겨야겠지요. 하지만 저는 부끄럽지 않습니다. 왜냐하면 당신에 대한 사랑이 그토록 바보스럽게 심각해졌을 때만큼 순수하고 열정적이었던 적이 없었기 때문입니다. 제가 당신과 함께 살았던 그때의 일을 저는 당신에게 몇 시간이건 몇 날이건 말씀드리고 싶습니다. 당신은 그때 제 얼굴을 볼 수 없었습니다. 계단에서 당신을 만나 당신과 마주치는 것을 피할 수 없을 때면, 저는 당신의 불타는 눈빛이 무서워서 고개를 숙이고 당신 곁을 슬쩍 지나쳤기 때문입니다. 그건 마치 불 속에 빠지지 않으려고 물속으로 뛰어드는 사람과도 같은 것이었습니다.

저는 몇 시간이고 몇 날이고 이미 지나가 버린 세월에 대해 당신께 말씀드릴 수 있습니다. 그리고 당신의 인생을 수놓은 달력을 펼쳐 보일 수도 있습니다. 그러나 더 이상 당신을 지루하게 하고, 당신을 괴롭히고 싶지는 않습니다. 다만 제 어린 시절의 가장 아름다웠던 추억거리만을 당신께 털어놓고 싶습니다. 그러나 그것이 너무 사소한 일이라고 해서 비웃지는 말아 주세요. 그것은 어린 제게 무한한 꿈이었으니까요. 어느 일요일이었던 것 같습니다. 당신은 여행 중이었고, 집사 요한은 활짝 펼쳐 놓은 두꺼운 양탄자를 문으로 질질 끌고 들어갔었지요. 마음씨 좋은 노인 요한은 그것을 몹시 무거워했으며, 저는 그때 대담하게 그분에게 다가가서 도와 드려도 되겠느냐고 물었습니다. 그는 놀란 것 같았으나 제 말을 받아 주었습니다. 저는 그 바람에 당신의 방을 보게 되었습니다. ─ 제가 얼마나 경건한 마음으로, 정말이지 얼마나 경건한 존경심을 갖고 그곳에 들어갔는지 설명할 도리가 없습니다.

저는 당신 방 내부, 당신의 세계, 늘 당신이 앉아 있던 책상과 그 책상 위에 놓인 몇 가지 꽃이 꽂혀 있는 푸른색 유리 꽃병, 당신의 옷장이며 사진들, 그리고 당신의 책들을 보았던 것입니다. 그것은 당신의 생활을 도둑질이나 하듯 재빨리 들여다보는 짧은 순간에 불과했습니다. 충실하기 그지없는 요한이 제가 방을 자세히 관찰하도록 놔두질 않았으니까요. 하지만 그 짧았던 순간만으로도 저는 방 전체의 분위기를 모조리 빨아들여 그것을 밤낮없는 무한한 꿈의 뿌리로 삼았습니다. 바로 그때의 단 몇 분이 제 소녀 시절 중 가장 행복한 시간이었습니다. 저는 그 순간을 이야기함으로써, 저를 알지 못하는 당신께서 어느 한 여인이 얼마나 당신에게 기댔고 또 어떻게 쓰러졌는지를 헤아려 보게 하고 싶습니다. 아울러 당신께 드릴 말씀은 다른 이야기이면서 유감스럽게도 앞서 드린 것과 비슷한 가장 끔찍한 순간의 이야기입니다.

　이미 말씀드렸듯이 저는 당신에게 빠져서 제 주변의 일들을 모두 망각했었습니다. 이 때문에 인스부르크의 상인인, 어머니와는 먼 인척 관계에 있는 어느 중년 신사가 가끔 집에 들러서는 꽤 오랫동안 집에 머무는 것도 염두에 두지 않았습니다. 아니, 오히려 좋다고 생각했습니다. 왜냐하면 그분은 가끔 어머니를 극장에 데리고 갔었는데, 그사이에 저는 집에 혼자 남아 당신 생각을 하고, 당신의 동정도 살필 수 있었기 때문입니다. 그런 때가 저의 유일하게 행복한 시간이었습니다. 그러던 어느 날 무슨 일이 있었는지 어머니가 저를 방으로 부르셨습니다. 제게 진심을 이야기하시겠다는 것이었습니다. 저는 파랗게 질려 가슴이 돌연 쿵쿵 뛰는 소리를 들었습니다. 처음 떠올린 생각은 혹시 어머니가 어떤 낌새를 챈 것은 아닐까 하는 것이었습니다.

아무도 알지 못하는 비밀인 당신에 대해서 말입니다. 그러나 어머니는 어머니대로 당황하여 제게 두번씩이나 키스를 하는 것이었습니다. 좀처럼 없던 일이었습니다. 어머니는 저를 소파에 끌어 앉히고는 부끄러운 듯이 머뭇거리며 이야기를 시작했습니다. 홀아비로 지내는 그 친척 분이 어머니께 청혼을 했는데, 결정적으로 저 때문에 그 청혼을 받아들이기로 결심했다는 말씀이셨습니다.

순간 심장으로 피가 뜨겁게 역류하기 시작했습니다. 그럼에도 단 하나의 생각, 당신에 대한 생각이 이런 대답을 하게 만들었습니다. "하지만, 우린 여기 그대로 사는 거죠?" 저는 이 말을 할 때도 더듬거렸습니다. "아니야. 우리는 인스부르크로 이사를 가야 해. 페르디난트 씨는 멋진 별장을 갖고 계신단다." 더 이상 한 마디도 들리지 않았습니다. 눈앞이 캄캄해졌습니다. 나중에 알았지만 저는 그때 기절하고 말았습니다. 이후 어머니가 문 뒤에 서서

의붓아버지에게 나직이 말하는 소리를 들을 수 있었습니다. 갑자기 손을 벌리더니, 뒷걸음질을 치며 무거운 납덩이처럼 벌렁 넘어지더라는 것입니다.

그런 일이 있은 뒤 며칠 동안, 순종적인 아이였던 제가 어머니의 강력한 의지와 맞서 얼마나 싸웠는지를 지금 당신께 자세히 설명할 수는 없습니다. 당신의 일을 생각만 해도 지금 글을 쓰는 이 손이 떨리는 듯합니다. 제 진심을 드러낼 수 없었기에, 저의 그와 같은 반항은 어리석고 심술궂은 고집으로만 여겨졌습니다. 아무도 저와는 이야기하지 않았고, 모든 것이 제 등 뒤에서 비밀리에 진행되었습니다. 그분들은 제가 학교에 간 시간을 이용해 이사 준비를 했습니다. 학교에서 돌아와 보면, 가구들이 치워져 있거나 팔려 나가 있었습니다. 저는 집과 더불어 제 인생이 허물어지는 것을 보았습니다. 점심을 먹기 위해 집에 온 어느 날인가는 짐꾼들이 이미 모든 것을 가져가 버린 뒤였습니다. 텅

빈 방에는 챙겨 놓은 트렁크와 어머니와 제가 쓰던 침대만 덜렁 남아 있었습니다. 거기서 우리는 하룻밤만, 마지막 밤만을 더 지내고, 다음 날이면 인스부르크로 가야 했던 것입니다.

마지막 날, 저는 당신 곁이 아니면 살 수 없다고 새삼 느꼈습니다. 당신 이외에는 다른 구원의 길이 없다는 것을 깨달은 것입니다. 제가 도대체 그런 절망의 순간에 다른 것을 생각할 여유라도 있을 수 있었을까, 그것을 저는 말씀드릴 수 없습니다. 하지만 우연히도 어머니가 마침 계시질 않았습니다. 저는 예전처럼 교복을 입은 채 서 있다가 당신이 계신 쪽으로 달려갔습니다. 아니, 제가 간 것이 아니었습니다. 저의 빳빳한 다리와 와들와들 떨고 있는 관절이 어떤 힘에 이끌려 당신의 방문으로 다가갔던 것입니다. 말씀드린 것처럼 저는 제 의지의 방향도 제대로 알지 못했습니다. 다만 당신의 발아래 엎드려 저를 하녀로, 아니 노예로라도 받아 주십사 간청하고 싶은 마음뿐이었습니다. 그러면서 15살 난 소녀의 그 무지한 환상을 당신이 비웃지나 않을까 걱정했습니다.

그러나 사랑하는 분이여, 만일 제가 그날 밤 차가운 복도 밖에 서서 걱정에 싸인 긴장된 몸으로 뭔지 모를 힘에 밀려 앞으로 걸어 나갔던 것을 아신다면, 더는 비웃지는 못하실 것입니다. 저는 떨리는 팔을 제 몸에서 억지로 떼어 올렸습니다. 그런 행동은 물론 영원히 계속될 것 같은 무서운 몇 초 동안의 투쟁이었습니다. 드디어 저는 문에 달린 초인종을 눌렀습니다. 오늘까지도 그때 날카롭게 울렸던 그 초인종 소리가 귓가에 생생한 것 같습니다. 당시에 제 심장은 고요함 속에 박동을 멈추었습니다. 당신의 반응에만 귀를 기울이며 온몸의 피가 순환을 멈추었습니다. 그러나 당신은 나오지 않았습니다. 아무도 나오는 이가 없었습니다. 당신은 그날 오후에 집에 계시지 않았음이 분명했습니다. 요한도 일을 보러 나갔었나 봅니다. 그래서 저는 시끄러운 초인종 소리의 무감각한 여운을 들으며 흩어지고 휑하니 비워져 있는 우리의 방으로 되돌아왔습니다.

저는 오랫동안 아득한 눈길을 걸은 것처럼 몇 발 못 가 피로에 지친 채로 담요에 몸을 뉘었습니다. 그러나 그렇게 녹초가 된 상태에서도, 떠나기 전에 당신을 뵙고 말씀드려야겠다는 결심은 꺼지지 않고 타올랐습니다. 맹세컨대 그때 어떤 육감적인 생각은 전혀 없었습니다. 저는 이런 것에는 무지했고, 그저 당신만을 보고 싶었을 뿐이었습니다. 한 번 더 뵙고 당신께 매달려 보고자 했던 것입니다. 사랑하는 분이여, 저는 그날 밤을 지새우며 간절하게 당신을 기다렸습니다. 어머니가 침대에 들어가 잠이 들자마자, 저는 몰래 빠져나와 당신이 언제 집으로 돌아오는지 귀를 기울이며 밤새 기다렸습니다. 지독하게 추운 1월의 밤이었습니다. 저는 피

곤했고 온몸이 쑤셨으나 앉아서 쉴 만한 의자가 없어서 문 사이로 찬바람이 스며드는 차디찬 땅바닥에 그대로 누웠습니다. 덮을 이불도 없었지만, 혹시라도 잠이 들어 당신의 발소리를 놓칠까 두려워 따뜻해지길 원치 않았던 것입니다. 발은 경련으로 오그라들고, 팔은 부들부들 떨려 왔습니다. 그 무서운 어둠 속에서 추위는 그리도 혹독했습니다. 그러나 저는 당신을 기다리고 또 기다렸습니다. 저의 운명을 맞이하듯 당신을 애타게 기다렸습니다.

마침내 ─이미 새벽 2, 3시쯤 됐을 때─ 아래층 문이 열리고, 이어 계단을 오르는 발걸음 소리가 들렸습니다. 추위는 순식간에 사라지고, 대신 뜨거운 어떤 것이 제 몸으로 밀려왔습니다. 저는 가만히 문을 열고 당신께 달려가, 당신 발아래 몸을 던지려 했습니다. 아, 그 무모한 아이가 도대체 무슨 짓을 하려는 것인지 저는 알지 못했습니다. 발걸음은 무겁게 다가왔고, 촛불은 흔들거리며 타올랐습니다. 저는 몸을 떨며 손잡이를 잡았습니다. 그러던 분이 진정 당신이었을까요? 그랬습니다. 그분은, 사랑하는 이여, 진정 당신이었습니다. 그러나 당신은 혼자가 아니었습니다. 저는 농담 섞인 나직한 웃음소리, 비단 옷깃을 스치는 살랑거림과 그윽한 당신의 목소리를 들었습니다. 아, 당신은 어느 여인을 집으로 데려온 것입니다. 그날 밤을 어떻게 살아서 넘겼는지 저는 지금도 알 수가 없습니다. 저는 아침 8시에 인스부르크로 끌려갔습니다. 제겐 더 이상 저항할 힘이 없었습니다.

제 아이는 어젯밤에 죽었습니다. 앞으로도 정말 살아가야 한다면 저는 너무나 외로울 겁니다. 내일이면 그들 낯선 사람들, 까만 옷을 입은 흉측한 몰골의 사람들이 와서는, 가져온 관에 불쌍한 아이를 넣고, 제 유일한 핏줄인 아이를 매장할 겁니다. 혹시 친구들이 와서 꽃다발을 줄지도 모릅니다. 그러나 관 위에 꽃다발이 놓인들 무슨 소용이겠습니까? 저는 또다시 외로움에 떨어야 하리라는 것을 알고 있습니다. 사람들 틈에서 홀로 된 존재라는 것보다 더 무서운 것은 없습니다. 과거에 저는 그런 일을 겪었습니다. 당시에 17살부터 18살까지 인스부르크에서 보낸 저는 그것을 철저히 겪었습니다. 가족 사이에서 어두운 감방의 죄수처럼, 한량없는 2년 동안, 저는 유배된 사람처럼 살았습니다. 조용하고 말이 없는 의붓아버지는 제게 매우 친절하셨고, 어머니 역시 욕망의 죄를 보상이라도 하려는 듯 제가 원하는 것은 무엇이든 들어주셨습니다. 여러 젊은이들이 제 비위를 맞추려고 애썼지만, 저는 그 모든 것을 아주 단호하게 뿌리쳤습니다.

저는 당신 곁을 떠나서는 도무지 행복할 수도 만족할 수도 없었습니다. 저는 스스로 자학과 고독의 어두운 세계로 파묻혀 들어갔습니다. 그분들이 화려한 새 옷을 사 주셨지만 입어 보지도 않았습니다. 음악회나 극장에 가자는 것도 모두 거절했으며, 명랑한 친구들 틈에 끼여 나들이하는 것도 마다했습니다. 그 도시의 골목길 하나도 제대로 밟아 보질 않았습니다. 사랑하는 분이여, 이 조그만 도시에서 2년이나 살면서 길거리를 열 개도 채 알지 못했다면 당신은 그걸 이해할 수 있겠는지요? 저는 마냥 슬픔에 잠겨 그리고 오직 가슴속의 고통에 귀를 기울이며 당신을 찾아 헤매는 것을 제 의무로 삼았습니다. 저는 혼자서 방에 있어도 당신 속에서만 살려고 결심했습니다. 그런 생각에만 전념했습니다. 그런 일을 언제고 계속했습니다. 당신과 관계된 수많은 세세한 추억들에 잠기고, 당신과 만나던 일로부터 당신을 기다리던 일들을 새로이 되새겨 보았습니다. 그런 작은 기억들을 눈앞에 그리는 것은 연극을 보는 것과도 같았습니다. 지나간 나날의 일분일초까지 수천 번 되새겨 반복했기에, 제 어린 시절 전체는 지금도 생생히 타오르는 추억으로 남아 있습니다. 그랬기에 지금도 지나간 세월의 매 순간을 마치 바로 어제 겪은 것처럼 뜨겁게 느낍니다.

저는 그 당시에 당신의 내부에서만 살았습니다. 당신의 책은 모두 사서 읽었습니다. 당신의 이름이 신문에 나면, 그날은 축제날이었습니다. 제가 당신 책의 구절구절을 암기할 수 있다는 것을, 그토록 수없이 그걸 읽었다는 사실을 믿으시겠는지요? 누군가 한밤중에 갑자기 저를 깨워 당신 책에서 뽑아낸 몇 줄을 읽어 준다면, 저는 그걸 오늘이라도, 13년이 지난 오늘이라도 꿈속에서처럼 그 다음 구절을 따라 읽을 것입니다. 당신의 말 한 마디 한 마디가 그처럼 제게는 복음이고 기도였습니다. 이 세계, 이 모든 세계도 당신과의 관계 속에서만 존재했습니다. 저는 빈 신문에서 당신이 흥미를 가질 만한 음악회나 초연에 대한 기사를 열심히 읽었습니다. 그러다가 저녁이 되면 멀리서 당신을 뒤따라

갔습니다. 지금쯤 연주회장에 들어가셨겠지, 지금쯤이면 자리에 앉으셨겠지. 수없이 그런 꿈을 꾸었습니다. 저는 당신이 연주회장에 들어가는 것을 딱한 번 본 적이 있었기 때문입니다.

그렇지만 이 모든 것을 저는 무엇 때문에 이야기하는 것일까요? 이렇게 자신에게 분노하면서 비극적이고 절망적인 이 버려진 소녀의 이야기를 저는 무슨 까닭에 알지도, 상상하지도 못하는 무정한 분에게 고하는 걸까요? 그때는 정말 어린애였나요? 저는 17살이 되고 또 18살이 되었습니다. 거리에 나가면 젊은이들이 저를 힐끗힐끗 뒤돌아볼 나이가 되었지만, 저는 그것이 불쾌할 뿐이었습니다. 그럴 수밖에 없는 것이 제게는 사랑이든 사랑의 유희든 당신 이외의 사람에 대해 그런 생각을 한다는 자체가 있을 수 없고 너무나 꺼림칙할 뿐이었기 때문입니다. 유혹이라는 말은 제게는 범죄인 것 같았습니다. 당신에 대한 열정은 언제나 같은 것이었습니다. 달라진 것이 있다면 제 육체가 성숙해지고, 관능이 일깨워지면서 한층 더 육감적이고 여성스러워진 것뿐이었습니다. 그래서 당신의 어리석기만 하던 어린아이, 당신의 방문 앞에서 초인종을 눌렀던 어린아이로선 상상도 할 수 없었던 행동, 바로 당신께 육체를 바치고 헌신하려는 생각을 하게 됐습니다.

제 주변 사람들은 흔히 제가 수줍어한다고 생각하여 소심한 아이라고 말하곤 했습니다(저는 한 번도 제 비밀을 털어놓은 적이 없었습니다). 하지만 저의 내부에서는 강철 같은 의지가 자라고 있었습니다. 저의 모든 생각과 의지는 하나의 방향, 즉 빈으로 돌아가자, 거기 계신 당신에게로 돌아가자에 온통 쏠려 있었습니다. 다른 사람에게는 그게 도무지 생각하기 힘든 일이었을 것입니다. 그러나 저는 제 의지를 철저히 다져 나갔습니다. 제 의붓아버지는 재력이 있는 분으로, 저를 친딸처럼 여기셨습니다.

그러나 저는 스스로 돈을 벌겠다고 완강히 고집했고, 마침내 어느 큰 양장점 점원으로 취직하여 빈에 있는 친척 집에 오게 되었습니다. 안개 낀 어느 가을날 저녁, ―마침내!― 빈에 도착했을 때 제가 맨 처음 어디를 향해 걸었는지 말씀드릴 필요도 없겠지요?

저는 트렁크를 역에 맡기고 무작정 전차에 올라탔습니다. 전차가 얼마나 느리게 느껴지고 그것이 역마다 서는 게 왜 그렇게 짜증이 났을까요! 저는 집 앞으로 달음질쳐 갔습니다. 당신의 창에 불이 켜진 것을 보는 순간 제 심장은 마구 뛰었습니다. 그토록 낯설고 북적대던 도시가 그제야 비로소 생기를 되찾았습니다. 이는 물론 당신, 제 영원한 꿈인 당신을 가깝게 있는 것으로 예감했기 때문입니다. 그럼에도 그 예감은 꿈일 뿐이었습니다. 당신 창의 반짝거리는 얇은 유리를 사이에 두고 당신과 저의 불타는 눈길이 마주할지도 모르는 바로 그 순간에도, 저라는 인간은 당신 의식에서 멀리 떨어진 어느 골짜기나 산악지대, 아니면 강 건너에 있었으니 말입니다. 저는 올려다보고 또 올려다볼 뿐이었습니다. 거기에는 불빛이 있으며, 집이 있고 당신이 계시며, 또한 제 세계가 있었습니다. 이 순간을 2년 동안이나 꿈꾸었고, 이제 꿈의 실현을 눈앞에 둔 것입니다. 부드럽고 안개가 자욱한 그 가을 저녁 내내, 저는 당신 방의 불이 꺼질 때까지 그 밑에 서 있었습니다. 저는 한참 뒤에야 제가 머물 집을 찾기 시작했습니다.

그런 뒤로 저는 매일 밤 당신 집 앞에 서 있었습니다. 저녁 6시까지 상점에서 힘들고 고된 일을 했지만, 일은 마음에 들었습니다. 일을 함으로써 불안 자체를 그리 고통스럽게 여기지 않게 됐기 때문입니다. 영업시간이 끝나고 상점의 셔터가 무겁게 닫히는 그길로 저는 사랑의 목적지를 향해 달려갔답니다. 멀리서라도 다시 한번 당신을 단 한 번만이라도 보는 것이 제 유일한 소망이었습니다. 약 1주일을 그렇게 보냈을 때 드디어 저는 당신을 뵙게 되었습니다. 정말이지 예기치 못했던 한 순간에 일은 이루어졌습니다. 제가 당신 방의 창을 기웃거리며 올려다보고 있는데, 당신이 길을 건너오셨습니다. 갑자기 저는 다시 13살짜리 어린애가 되었습니다. 저는 얼굴이 화끈거리는 것을 느꼈습니다. 당신의 눈길을 받고자 열망하던 내면의 강렬한 충동을 거슬러, 저는 저도 모르게 그만 고개를 숙이고 쫓기듯이 당신 곁을 슬며시 지나쳐 버렸습니다. 나중에 저는 제가 여학생처럼 수줍어하며 달아난 것을 몹시도 부끄럽게 생각했습니다. 그도 그럴 것이 그때의 제 마음은 단호했기 때문입니다. 저는 당신을 만나고자 했고, 당신을 찾아가려고 했습니다. 그리하여 동경으로 저물어 버린 세월을 뒤로 하고 당신에게 인정받고자 했습니다. 저는 당신에게 존중받고 사랑받고자 했습니다.

그러나 당신은 그 후로도 오랫동안 제 존재를 알아차리지 못했습니다. 제가 매일 저녁 눈보라 치는 날이나, 살을 에는 듯한 빈의 바람 부는 날에도 당신의 집 앞 골목에서 서성거렸다는 사실을 말입니다. 어느 때는 몇 시간이고 헛되이 기다린 적도 있었습니다. 그때 저는 제가 어른임을, 전과는 다른 성숙한 여인의 감정이 생겨남을 느꼈답니다. 당신이 알지 못하는 어떤 여인과 팔짱을 끼고 걷는 것을 보는 순간, 제 영혼을 부수고 나오는 심장의 돌연한 격동이 있었기에 그렇습니다. 그리 심한 충격을 받지는 않았습니다. 어린 시절부터 이런 여인들의 방문을 줄곧 보아 왔기 때문입니다. 다만 지금은 갑자기 육체적으로 어딘가 곤란하고, 나의 내부에서 무엇인가가 팽팽히 솟구치면서 그처럼 다른 여인들과 공공연한 육체적 친밀함을 보이는 데 대해 적개심과 질투를 동시에 느꼈습니다. 그래서 저는 아직 남아 있는 어린 시절의 저항감을 가지고 당신의 집을 멀리해 본 적도 있었습니다. 그러나 저항과 항변의 대가로 받은 그날 밤의 공허함은 너무도 무서웠습니다. 다음 날 저녁에는 어느새 다시 그 집에서 비굴하게 당신을 애절히 기다리고 있었습니다. 제 운명을 다 바쳐 당신의 굳게 닫힌 삶의 문 앞을 그렇게 지키고 서 있었습니다.

그런데 마침내 어느 날 저녁 당신이 제 존재를 의식하게 될 계기가 생겼습니다. 저는 멀리서 당신이 오시는 것을 보고, 이번에는 당신을 피하지 않겠다고 굳게 마음을 먹었습니다. 우연인지 짐차가 길에다 짐을 부리는 바람에 길이 좁아지고 당신은 제 곁에 바짝 붙어서 길을 나가야 했습니다. 당신은 은연중에 저를 무심한 눈길로 바라보았습니다. 당신의 그런 눈길이 제 관심 어린 눈과 마주치자마자, 지난날의 추억으로 전 얼마나 놀랐는지요! ― 그 즉시로 당신의 눈길은 여성적인 눈길, 부드럽게 포옹하는 동시에 살며시 옷을 벗기려는 유혹의 눈길로 변하는 것이었습니다. 그것은 저라는 어린애를 최초로 여인으로 만들어 주었고 사랑을 일깨워 준, 너그럽지만 포승줄같이 꽁꽁 묶는 듯한 눈길이었습니다. 아주 잠깐 그 눈길이 제 눈 위에 머물렀습니다. 저는 눈을 피할 수도 없었고, 피하려 하지도 않았습니다. 그렇게 당신은 제 곁을 지나갔습니다. 제 심장은 두근거렸고, 저는 저도 모르게 가던 걸음을 천천히 멈추고 있었습니다. 참을 수 없는 호기심 때문에 돌아다보니, 당신도 멈춰 선 채 저를 바라보고 계시는 것이었습니다. 그것도 적잖은 관심을 가진 표정으로 저를 또렷이 바라보는 것이었습니다. 저는 당신의 표정으로 알 수 있었습니다. 당신이 제 정체를 알아차리지 못했다는 것을.

당신은 당시에 제가 누구인지 알아차리지 못했습니다. 그때뿐만 아니라 그 뒤로도 계속 그랬습니다. 사랑하는 분이여, 그 순간의 절망이 어땠는지 말로는 표현할 수 없습니다. 제가 당신에게 인식되지 못하는 운명을 고통스럽게 감수했던 것은 그때가 처음이었습니다. 그 운명을 저는 살아 있는 동안 겪었고 죽어서도 가져갈 것입니다. 당신에 의해 인식되지 못하고, 아니 영원히 인식되지 못하고 죽어야 한다는 것이 제 운명이라면, 그때의 절망감을 어떻게 당신께 설명할 수 있을까요? 정말이지 저는 2년 동안 인스부르크에 머물면서 한시도 쉬지 않고 당신을 생각했습니다. 그동안 저는 빈에서 당신과 재회할 생각만으로 세월을 보냈습니다. 저는 가장 행복한 순간뿐 아니라 가장 불행한 순간도 상상해 보곤 했습니다. 있을 수 있는 모든 가능성을 미리 꿈꾸었던 것입니다.

우울했던 순간에 상상해 본 것은 제가 너무 하잘것없고 흉하며 뻔뻔스럽게 굴어서 당신이 저를 밀치며 경멸하는 꿈이었습니다. 당신의 불친절하고 냉랭한 모습, 당신의 무관심한 모습, 그 모든 것을 저는 열정의 환상 속에서 미리 꿈꾸어 보았습니다.

그러나 저의 존재 자체가 당신에게 전혀 의식되지 않았다는 가장 무서운 사실만은 어떤 최악의 감정 상태에서도, 아무리 저 자신을 나쁘게 생각했을 때에도 미처 생각지 못했었습니다. 오늘에 와서야 저는 그걸 잘 이해하고 있습니다. 아, 바로 당신이야말로 저로 하여금 그걸 잘 이해하도록 가르쳐 주신 분이죠! 전 잘 압니다. 남자에게 있어 소녀, 아니 여인의 얼굴이란 늘 변하는 어떤 것입니다. 여인의 얼굴은 열정적이었다가도 어느새 순수해지고, 그런가 하면 권태를 보이는 거울일 뿐이어서 거울 표면에 맺히는 상처럼 이런저런 모습으로 쉽게 바뀌는 법입니다. 그래서 남자가 어떤 여인의 얼굴을 쉽게 잊는 것도 무리는 아닙니다. 그럴 수 있는 것이 여인의 얼굴에 비치는 나이는 묘한 명암을 갖고 있으며, 이 옷을 입을 때와 저 옷을 입을 때 각기 다른 얼굴이 나타나는 까닭입니다.

하지만 당시에 저는 소녀의 티를 완전히 벗지 못

했었고, 그래서 당신의 망각을 이해할 수 없었습니다. 제 마음속에서는 당신만을 열렬히 추구하는 무절제한 환상이 들끓어 오르고 있어서, 당신도 역시 조금은 저를 생각하고 기다려야 하지 않겠는가 하고 생각했습니다. 당신께 제가 아무런 존재도 아니고, 저에 대한 기억의 한 순간도 당신의 마음에 와 닿는 정이 전혀 없음을 알았더라면, 제가 어찌 살아 숨쉴 수 있었겠습니까? 제게 보낸 당신의 눈길에 저는 불현듯 어두운 잠에서 깨어났습니다. 저는 당신에게 전혀 알려지지 않은 존재였고, 당신 삶의 거미줄 같은 회상 안에 제 삶이 파고들 조그만 여지조차 없었던 것입니다. 이것이 제가 현실의 나락으로 떨어진 최초의 추락이자 제 운명의 먹구름을 예감한 최초의 순간이었습니다.

당신은 그 당시에도 저를 알아보지 못했습니다. 그리고 이틀 후, 제 눈이 당신의 눈과 다시 마주치자 당신은 알 수 없는 호의를 보이며 제게 감싸는 듯한 눈길을 보내셨습니다. 그러면서도 당신은 역시 저를 알아보지 못하더군요. 당신은 저를 당신을 사랑하여 당신에 의해 잠에서 깨어난 여인으로 인식한 것이 아니라, 이틀 전에 같은 곳에서 우연히 마주친 예쁜 열여덟 살 소녀로만 인식하셨습니다. 당신은 다정한 표정에 다소 놀라움을 떠올리며 저를 바라보고는, 입가에 엷은 미소를 머금고 계셨습니다. 당신은 저를 지나쳐 가다가 다시 발걸음을 늦추셨습니다. 저는 몸을 떨며 감격했습니다. 당신이 부디 제게 말을 걸어 주시길 하느님께 기도했습니다. 생전 처음으로 저는 당신에게 살아 있는 존재임을 느꼈습니다.

저는 발걸음을 천천히 늦추고 당신을 피하지 않았습니다. 뒤돌아보지는 않았지만, 저는 등 뒤에서 당신을 감지했습니다. 이제 당신의 사랑스런 목소리가 처음으로 저를 향해 들려오리라 생각했습니다. 벅찬 희망에 부풀어 온몸은 마비되는 것 같았고, 저는 멈춰 서지 않을 수 없었습니다. 제 심장이 마구 뛰고 있었을 때, 당신은 제 옆으로 걸어오셨습니다. 당신은 제게 마치 오랜 친분이라도 있었던 것처럼 가볍고 명랑한 투로 말을 걸어 왔습니다. 아, 당신은 제가 누군지 도대체 알지를 못하셨습니다. 당신은 제 인생의 어떤 부분도 결코 알지 못하셨던 것입니다. 그러나 당신의 말소리는 너무도 매혹적이고 은근해서 저 같은 겁쟁이도 쉽게 응수할 수 있을 정도였습니다. 우리는 골목 끝까지 함께 걸었습니다. 그러자 당신은 함께 식사라도 하지 않겠느냐고 물으셨고, 저는 승낙했습니다. 제가 어떻게 거절할 수 있었겠습니까?

우리는 작은 레스토랑에서 함께 식사했습니다. 그곳이 어딘지 기억하시는지요? 아, 물론 모르시겠지요. 틀림없이 당신은 그날의 저녁 식사 자리를 다른 비슷한 만남과 혼동하셨겠지요. 제가 당신께 무슨 의미가 있었겠습니까? 그 많은 여인들 가운데

한 여인, 끝없이 엮어진 연애 관계의 그물 가운데 일어난 하나의 모험이었으니 말입니다. 저에 대한 기억을 살려 낼 그 무엇이라도 있으신가요? 저는 거의 말이 없었습니다. 당신을 가까이 대하고, 당신의 음성을 듣는 것만으로도 너무나 행복했기 때문입니다. 우리 만남의 단 한 순간도 부질없는 질문이나 어리석은 말로 낭비하고 싶질 않았습니다. 저는 그때의 시간에 대해 당신에게 감사하는 마음을 결코 잊지 않을 것입니다. 당신이 저의 뜨거운 존경심을 얼마나 가득 채워 주었는지, 그 얼마나 부드럽고 경쾌하며, 또한 운치 있는 태도를 보였는지 저는 잊지 못합니다. 당신은 조금도 무례하지 않았고, 희롱 같은 것도 전혀 보이는 법이 없었습니다. 또한 처음부터 끝까지 친절한 신뢰를 잃는 법이 없어서, 설령 제 모든 의지와 존재의 본질이 일찍부터 당신에게 속해 있지 않았을지라도 당신은 저를 얻을 수 있었을 것입니다. 아, 당신은 5년 동안의 천

진한 기대를 조금도 허물어뜨리지 않았습니다. 당신이 제게 얼마나 큰 희열을 안겨 주셨던가를 당신은 모르실 것입니다.

밤은 깊었고, 우리는 자리에서 일어났습니다. 레스토랑 입구에서 당신은 바쁘지 않으면 시간을 더 낼 수 없겠는지 제게 물었습니다. 저는 마다할 수가 없었습니다. 따라나설 마음의 준비가 되어 있었으니 어찌 마다할 수 있었겠습니까! 저는 아직 시간이 있다고 말했습니다. 그러자 당신은 약간 망설이던 기색을 바꾸며 자기 집에 들러 잠깐 이야기를 나누지 않겠느냐고 물으셨습니다. 저는 "그러겠어요"라고 제 심정을 솔직히 말했습니다만, 곧 뭔가 잘못되었음을 깨달았습니다. 당신은 묘한 표정을 지었습니다. 저의 너무 빠른 승낙에 고통스러운 것 같기도 하고 기뻐하는 것 같기도 하였으니까요. 그러나 어쨌든 매우 당황한 것은 틀림없어 보였습니다. 지금의 저라면 당신이 놀란 이유를 잘 압니다.

제가 알기에 여자들이란 자신의 내부에서 몸을 허락하려는 욕망이 불타는 경우에라도 응낙의 자세를 부인하며, 일단은 몹시 경악해 하는 듯한 태도를 꾸미든지 아니면 화가 난 체하는 것이 보통이기 때문입니다. 그리하여 거짓 약속이나 맹세를 확인하고서야 비로소 그 가장된 분노를 푸는 법이지요.

저도 이제는 알고 있습니다. 남자의 청에 쉽게 응하는 것은 대체로 직업적인 여성들, 매춘부들이거나 아니면 아주 순진하고 덜 자란 어린애들뿐이란 것을. 당신이 그걸 어찌 헤아릴 수 있었겠습니까. 그러나 그것은 제 내부에서 꿈틀대고 있던, 오직 말하고 싶어 하는 의지, 수많은 그리움의 하루하루가 한데 뭉쳐 튀어나온 것이었습니다. 어쨌든 당신은 저의 특이함에 놀랐고 제게 흥미를 갖기 시작했습니다. 나란히 서서 이야기를 나누며 가는 동안에도, 당신은 뭔가 놀라워하는 기색으로 저를 면밀히 살펴보셨습니다. 인간적인 모든 것 중에서도 아주 마성적인 특질을 갖추고 있는 당신의 뛰어난 감각은 이 귀엽고 유혹에 들뜬 소녀에게서 매우 특이하고도 예사롭지 않은 점을 즉시 발견했던 것입니다. 당신 마음속에 일어나는 호기심의 발동과 당신이 슬며시 던지는 질문의 은근함을 보며 저는 당신이 제 비밀을 캐내려 한다는 것을 감지했습니다. 하지만 저는 그러는 당신을 피했습니다. 당신께 제 비밀을 알리느니 차라리 어리석어 보이고 싶었습니다.

　우리는 당신 방으로 함께 올라갔습니다. 그 집의 복도와 계단이 제게 얼마나 값진 것이었던지! 또 저는 얼마나 당황스럽고 또 얼마나 혼란스럽던지, 얼마나 미칠 듯이 고통스럽고 거의 죽을 것처럼 행복했던지! 이를 당신께 말씀드리는 것을, 사랑하는 분이시여, 부디 용서해 주십시오. 그때 일을 생각하면, 지금도 눈물이 앞을 가립니다. 저는 더는 아무것도 바랄 것이 없습니다. 그렇지만 거기 있는 모든 사물들이 제 열정과 연관되고, 그 하나하나가 제 소녀 시절의 상징이자 동경의 대상이었던 것만은 부디 알아주십시오. 몇천 번이나 그 앞에 선 채 당신을 기다렸던 그 문, 당신의 발소리를 듣고자 항상 귀를 기울였던 그 계단, 그곳에서 저는 처음으로 당신을 보았습니다. 그 밖에도 추억을 되살리는 것들은 많았습니다. 제 영혼의 대상이었던 당신을 몰래 내다본 문구멍, 언젠가 무릎을 꿇었던 문 앞의 양탄자, 그리고 남몰래 숨어 있던 중에 언제나 저를 깜짝 놀라게 했던 열쇠의 달그락거리는 소리… 실로 제 어린 시절의 모든 것, 제 모든 열정이 불과 몇 미터 안 되는 그 공간에서 보금자리를 꾸몄었지요. 바로 거기에 제 인생 모두가 현전해 있었습니다.

그런데 이제 바야흐로 모든 소망이 이루어져 당신과 더불어 당신의 방으로, 아니 우리 둘의 방으로 들어가려는 그 순간에, 폭풍처럼 제게 몰아닥치는 세찬 꿈이 소용돌이치는 것이었습니다. 제 얘기를 깊이 들어 주세요. 진부하게 들릴지 모르지만, 달리 표현할 길이 없으니까요. 당신의 문 앞에 이르기 전까지의 모든 현실은 제겐 흐릿한 나날의 연속이었습니다. 하지만 그 안에 들어서면서부터 아이가 꿈꾸던 동화의 마술세계, 알라딘의 왕국이 펼쳐지기 시작했습니다. 제가 불타는 눈동자로 수없이 바라보았던 그 문을 환상에 취해 비틀거리며 지났음을 생각해 보십시오. 사랑하는 이여, 당신은 어렴풋이나마 헤아릴 수 있을 겁니다. 그러나 헤아릴 수는 있어도 결코 이해하시지는 못합니다. 이 돌발적인 기쁨이 제 인생으로부터 무엇을 빼앗아 갔는지 결코 이해하시지는 못할 겁니다.

저는 그날 밤 내내 당신 곁에 머물렀습니다. 당신은 당신에 앞서 어떤 남자도 저를 건드려 보거나 제 육체에 손대 본 적이 없고, 심지어 제 몸을 본 일조차 없다는 것을 상상하지 못하셨습니다. 사랑하는 이여, 어찌 그걸 당신이 상상이나 할 수 있었겠습니까? 정말이지 저는 아무 저항도 하지 않았고, 수치심 때문에 망설이는 기색도 없었습니다. 다만 당신께서 제 사랑의 비밀을 알아차려 경악할까 두려울 뿐이었습니다. 그도 그럴 것이 당신은 그저 가벼운 것만, 유희적이고 심각하지 않은 것만을 원하셨고, 어떤 운명의 틈바구니에 끼는 것을 꺼렸기 때문입니다. 당신, 당신이라는 분은 세상만사를 가볍게 즐기려고만 하였지, 희생할 마음은 조금도 없었습니다. 사랑하는 이여, 제가 지금 당신께 제 처녀성을 바쳤다고 말씀드려도, 바라건대 부디 제 마음을 오해하지는 말아 주세요! 원망할 생각은 눈곱만큼도 없답니다. 당신이 저를 유혹하거나 속인 것도, 저를 끌고 간 것도 아니니까요. 사실을 말하자면 제가, 바로 제 자신이 당신께 달려들어, 당신의 가슴에 제 운명을 스스로 던진 것이니까요. 절대로 저는 당신을 원망하지 않습니다. 오히려 당신께 영원히 감사드릴 뿐입니다.

　당신과 보낸 그날의 풍요로움, 욕망의 찬란한 하늘을 떠도는 듯한 행복감은 이루 말할 수 없었습니다. 제가 어둠 속에서 문득 눈을 떠 제 옆에 누워 계시는 당신을 느꼈을 때, 저는 머리 위에 별들이 떠다니지 않는 것이 이상할 정도였습니다. 그토록 저는 그런 하늘을 꿈꾸었습니다. 아, 사랑하는 분이시여, 저는 결코 후회한 적이 없습니다. 아니, 저는 그 순간을 후회한 일이 단 한 번도 없습니다. 지금도 기억이 생생합니다. 잠든 당신 곁에서 숨소리에 귀 기울인 순간, 그리고 당신의 육체를 느끼면서 제가 당신 곁에 있음을 새삼 확인한 순간, 저는 너무나 행복에 겨워 어둠 속에서 흐느껴 울었답니다.

　다음 날 아침 일찍 저는 그곳을 부리나케 떠났습니다. 직장에 가야만 하기도 했지만, 그보다는 하인이 오기 전에 떠나고 싶었습니다. 저는 그분을 뵐 면목이 없었습니다. 제가 옷을 입고 당신 앞에

섰을 때, 당신은 저를 껴안고 오랫동안 제 얼굴을 들여다보셨습니다. 그것은 당신의 눈동자에 안개처럼 아득히 어른거리는 어떤 추억 때문이었을까요, 아니면 정말 제가 그저 아름답게만 보였기 때문이었을까요? 알 수는 없었지만, 그 뒤에 당신은 제게 키스를 하셨습니다. 저는 당신 품에서 살짝 빠져나와 떠나려 했습니다. 그때 당신이 물었습니다. "꽃을 몇 송이 가져가지 않으시겠습니까?" 저는 그러겠다고 대답했습니다. 당신은 책상 위에 있는 파란 유리 꽃병에서 흰 장미 네 송이를 뽑아서 제게 주셨습니다. 아, 그때 저는 어린 시절 단 한 번 훔쳐보았던 꽃병을 기억해 냈답니다. 저는 하루 종일 그 꽃들에 입맞춤을 하였습니다.

우리는 헤어지기 전에 다음 만날 약속을 했습니다. 그리고 약속한 날 당신과 다시 멋진 밤을 보냈습니다. 그 후 당신은 제게 세 번째 밤을 선사하셨습니다. 그리고 나서 당신이라는 분은 여행을 떠나야겠다고 말씀하시는 것이었습니다. 아, 저는 어린 시절부터 그 여행을 얼마나 미워했던지요! 당신은 돌아오자마자 연락하겠다고 약속하셨습니다. 저는 그때 제 사서함 주소만을 드렸는데, 그것은 당신께 제 이름을 알리고 싶지 않아서였지요. 저는 끝까지 비밀을 털어놓지 않았습니다. 그때도 역시 당신은 장미 몇 송이를 작별인사로 주셨습니다. 두 달 동안 저는 매일같이 당신을 애타게 그리워했습니다. 그런데, 아, 저는 지금 무엇 때문에 기대와 동시에 절망적인 지옥의 고통을 당신께 이야기하려는 걸까요? 저는 당신을 원망하지 않습니다. 저는 당신을 본연의 모습 그 자체로 사랑합니다. 타오르다가는 곧 식어 버리고 열중하다가는 금세 불성실해지는 당신 본연의 모습, 그것을 있는 그대로 사랑합니다. 늘 그래 왔고 지금도 그러신 당신 그 자체를 사랑합니다.

여행을 떠났던 당신은 벌써 오래전에 돌아와 계

셨습니다. 저는 불이 켜진 당신의 창을 보고 그것을 알았습니다. 그런데 당신은 제게 편지 한 장도 보내지 않으셨습니다. 저는 이 마지막 순간에 이르도록 당신의 소식 한 줄 받지 못했습니다. 제 일생을 다 바친 당신에게서 글 한 줄 받아 읽지 못했습니다. 저는 기다리고 있었습니다. 절망한 여인으로서 간절히 기다리고 있었습니다. 그러나 당신은 끝내 저를 부르지 않았습니다. 편지 한 통도… 소식 한 줄도….

제 아이는 어제 죽었습니다. 물론 그 아이는 당신의 아이이기도 합니다. 사랑하는 분이시여, 맹세컨대 그 아이는 그 사흘 동안에 생긴 우리의 분신입니다. 죽음의 그림자를 마주한 사람은 거짓말을 하지 못하는 법이랍니다. 제가 당신께 몸을 바친 그 순간부터 아이가 생길 때까지 저는 어느 남자와도 만난 적이 없었습니다. 당신이 계신데 어찌 제가 아무 상관없이 스쳐 가는 다른 남자와 몸을 나

눌 수 있었겠습니까? 저는 당신과의 만남을 신성시하게 되었습니다. 제 모든 것을 바친 사랑하는 이여, 그 아이는 우리의 아이였습니다. 그 아이는 저의 사무친 사랑과 당신의 가볍고 방종한, 거의 무의식적인 애욕 사이에서 태어난 우리의 핏줄, 우리의 단 하나뿐인 자식이었습니다. 그러나 당신은 아마도 놀라워하며, 얼굴이 창백해져서 물어보시겠지요. 사랑하는 이여, 당신은 이제 이렇게 물으시겠지요. 무엇 때문에 제가 그 아이를 감추었고, 또 무엇 때문에 그 아이가 어둠 속에서 잠자는 오늘에 와서야 새삼스럽게 그 이야기를 하느냐고. 어째서 아이가 영원한 잠에 빠져 있는 이 순간에 와서야, 죽음의 여행을 떠나 다시는 돌아오지 못할 이 지경에 이르러서야 비로소 얘기를 하느냐고 말입니다.

그렇군요, 아이는 이제 돌아오지 못하는군요! 하지만 그때 말씀드려 봤자 무슨 소용이 있었을까요? 제가 이야기했을지라도 당신은 믿지 않으셨을 테죠. 낯선 여인, 그 사흘 밤 동안 저항 한 번 없이 당신을 갈구하며 몸을 허락한 저라는 여인의 말을 믿지 않았을 테죠. 당신은 길거리에서 만난 이름도 없는 여인이 정조를, 그것도 자신에게 불성실한 남자였던 당신을 위해 정조를 지켜 왔다고는 결코 믿지 않으셨을 겁니다. 당신은 조금의 의심도 없이 그 아이가 당신의 아이가 아니라고 하셨을 것입니다. 제 말이 아무리 그럴듯하다 해도, 제가 딴 남자의 아이를 자산가인 당신께 떠넘기려 한다는 혐의를 결코 버리지 않으셨을 테니까요. 요컨대 제가 아이의 이야기를 했다면, 당신은 저를 의심했을 것이고, 당신과 저 사이에 의심의 그림자, 불신의 그림자가 드리워졌을 것입니다. 게다가 저는 당신이라는 분을 너무나 잘 알고 있습니다. 당신 자신보다 제가 당신을 더 잘 알고 있을 것입니다.

애정 문제에 있어서는 근심 없는 것, 홀가분하면서 유희적인 것을 좋아하는 것이 당신의 천성입니다. 그런데 갑자기 아버지로서 어떤 운명에 대해 책임져야 한다면, 당신은 아마 너무나 고통스러워했을 것입니다. 자유로운 분위기에서만 숨을 쉴 수 있는 당신이 어떤 식으로든 저와 구속의 끈으로 묶여 있다고 느낄 때, 그것은 얼마나 큰 고통일까요? 저는 잘 압니다. 당신은 자신의 깨어 있는 의지를 거역하고서라도 구속감에 못 이겨 저를 증오했을 겁니다. 당신에게 제가 단 몇 시간, 아니 단 몇 초만이라도 성가신 존재였다면, 당신은 저를 증오했을 겁니다. 하지만 저는 제 자존심을 지키고 싶었습니다. 당신이 저를 생각할 때 언제나 걱정이란 것 없이 떠올릴 수 있기를 바랐습니다. 그럼으로써 수많은 여인들 가운데 항상 사랑과 감사한 마음으로 생각할 수 있는 유일한 여인이 되고자 했던 것입니다. 그러나 당신은 저를 전혀 생각하지 않았고, 저를 영영 잊고 말았습니다.

사랑하는 분이여, 저는 당신을 원망하지 않습니

다. 아니, 무슨 일이 생겨도 당신을 원망하지 않을 것입니다. 만일 제가 쓰는 펜으로부터 더러 원망이 섞인 한 방울의 잉크가 종이에 번질지라도, 제발 용서하시기 바랍니다. 아, 부디 용서해 주세요! 저기 이리저리 흔들리는 촛불 아래, 제 아이이자 당신의 아이가 죽음의 잠에 빠져 있습니다. 저는 하느님을 향해 주먹을 불끈 쥐고 살인자라고 외쳐 보기도 했습니다. 저의 이성은 그토록 흐려 있고 혼란스럽습니다. 저의 몰지각한 비탄을 부디 용서해 주십시오!

저는 잘 알고 있습니다. 당신은 선량하고 언제나 깊이 뜨거운 감정을 지니고 계십니다. 당신은 누구에게나 친절하고, 당신에게 도움을 청하는 사람에게 너그러운 마음을 아끼지 않는 분입니다. 그러나 당신의 너그러움은 매우 특이합니다. 그것은 애써 붙잡으려는 사람에게는 얼마든지 열려 있고 또 그만큼 크고 무한합니다. 반면에 당신의 너그러움은

—이런 말을 용서하세요!— 어떤 타성에 젖어 있습니다. 그것은 다른 이의 희생으로만 촉발되고 또 그럴 때만 보상을 받는 너그러움입니다. 당신은 누가 도움을 청하면 도와줍니다. 그러나 당신은 부끄러운 명예심 아니면 유약함 때문에 도움을 주는 것이지 자발적인 호의에서 그렇게 하는 것이 아닙니다. 솔직히 말씀드리면, 당신은 궁핍과 고난에 빠진 사람들보다는 행복한 친구들을 더 좋아합니다. 당신 같은 분들, 어느 누구보다도 너그러운 분들이 사실은 가장 청하기 까다로운 분들입니다. 제가 어린애였던 그 시절, 저는 열쇠구멍을 통해 어느 거지가 당신 방의 초인종을 누르고 당신께 무엇인가 받는 것을 본 적이 있습니다. 당신은 그 거지가 청하기도 전에 그에게 얼른 무엇인가를 주셨습니다. 그의 청을 듣지도 않고 그야말로 재빨리 무엇을 주셨습니다. 그렇지만 당신이 그렇게 한 것은 그에게서 일종의 불안과 초조를 느끼고 그가 어서 빨리

떠나 주기만을 바랐기 때문입니다. 제가 보기에 당신은 그의 눈을 피하는 것 같았습니다. 불안하고 초조해하던 당신의 태도를 결코 잊을 수 없습니다.

바로 당신의 이런 면을 간파했기에 저는 당신에게 도움을 청하지 않았던 것입니다. 물론 저는 잘 압니다. 당신은 그 당시에 그 아이가 당신의 아이라는 확증이 없어도 제 말을 인정하였을 것입니다. 그리고 당신은 저를 위로해 주는 것은 물론, 돈, 그 것도 상당히 많은 돈을 주셨을 것입니다. 그러면서 뭔지 알 수 없는 초조함, 불편한 심정에서 빨리 벗어나고자 하셨을 것입니다. 심지어 아이가 태어나기 전에 미리 해결하라고 권했을지도 모릅니다. 무엇보다도 저는 그것을 염려했습니다. 당신이 그렇게 하라고 하시면, 저는 그렇게 하지 않을 수가 없었을 테니까요. 어떻게 제가 당신의 간청을 마다할 수 있었겠습니까! 그러나 그 아이는 제 삶의 모든 것이었습니다. 그 아이는 당신에게서 온 또 하나의 당신입니다. 하지만 저로서는 도저히 붙잡을 수 없었던 행복하고 태만한 당신이 아니라, 영원히 제게 주어진 또 다른 당신이었습니다. 저의 미천한 생각인지는 모르겠지만, 그 아이는 제 육체를 꼭 붙들고 있으면서 제 인생을 좌우하는 생명줄이었습니다. 저는 마침내 그 아이를 통해 당신을 붙잡은 것입니다. 저는 제 혈관 속에서 당신의 생명이 무럭무럭 자라나는 것을 감지했습니다. 저는 마치 당신에게 하듯 당신의 아이를 키우고 젖 먹이고, 애무할 뿐만 아니라 키스할 수도 있다는 기쁨에 온몸을 떨었습니다. 제 영혼은 그리하여 이 아이를 향해 불타올랐습니다. 사랑하는 이여, 당신은 이것을 상상하실 수 있으실까요? 그래서 당신 아이를 가진 것을 알았을 때, 저는 진정 축복받은 여인이었습니다. 그 때문에 저는 당신께 아무 말도 하지 않았습니다. 당신은 제게서 도저히 달아날 수 없게 된 것입니다.

사랑하는 이여, 그러나 그런 몇 달은 제가 미리 생각했던 것처럼 그렇게 행복한 세월만은 아니었습니다. 그것은 또한 공포와 고통, 인간의 비천함에 대한 구토로 채워진 몇 달이기도 하였습니다. 제게는 정말로 쉬운 나날이 아니었습니다. 혹시 친척의 눈에라도 띄어 집에 소식이 전해질까 봐 만삭에 가까운 몇 달 동안은 상점에도 나가지 못했습니다. 어머니로부터 한 푼의 돈도 받고 싶지 않았던 저는 제가 지니고 있던 약간의 보석을 팔아 아이를 낳는 날까지 근근이 연명하였습니다. 그런데 분만일을 1주일 앞두고 장 속에 넣어 둔 마지막 몇 크로네를 세탁부에게 도둑맞는 바람에 시립 병원 분만실로 가지 않을 수 없었습니다. 그야말로 극빈자들, 쫓겨난 사람들이나 부랑자들이 마지못해 들어오는 곳이었습니다. 이 비참한 인간들의 소굴 한가운데서 아이가, 당신의 아이가 태어났습니다.

저는 거기서 거의 죽음의 위기에 시달렸습니다.

모든 것이 너무도 낯설기만 했습니다. 거기 누운 사람들은 서로가 서로에게 낯선 존재였습니다. 서로가 고독하게 누워 있으면서도, 상대방을 증오하는 마음으로 가득 차 있었습니다. 그들은 오로지 비참함과 고통에 싸여 답답한 병실의 소독약과 피의 냄새, 절규와 신음으로 가득 찬 병실에 처박혀 있는 처지였습니다. 가난한 여자들이 겪지 않으면 안 되는 굴욕, 영혼과 육체의 수치를 저는 거기서 겪었습니다. 저는 같은 처지에 있다는 이유로 숙명적으로 매춘부들이나 극빈한 환자들을 겪어야 했고, 그런가 하면 비아냥거리는 미소를 지으며 무력한 여인들의 이불을 마구 들추거나 흉측한 과학을 빙자하여 그들의 몸을 만져 대는 젊은 의사들의 추잡함, 간호사들의 탐욕 따위를 견뎌 내야 했습니다. 그곳은 의사들의 눈빛만으로 인간의 수치심이 십자가에 못 박히고, 말 몇 마디로 태형을 당하는 곳이었습니다. 오직 당신의 성함이 적혀 있는 이름

표만이 당신을 대신했습니다. 그럴 수밖에 없는 것이 침대에 누워 있는 몸뚱이는 그저 호기심 어린 자들의 손에서 멋대로 꿈틀거리는 고깃덩어리이거나, 관찰자 내지 수련의들의 연구 대상에 불과했기 때문입니다.

아, 친절하게 기다리는 남편이 있는 여자라든가 자기 집에서 아기를 낳는 여자들은 이것을 모를 겁니다. 아, 그들은 혼자 실험대 같은 침대 위에서 무방비 상태로 아이를 낳는 것이 무엇을 의미하는지 전혀 알지 못합니다! 그 일 덕분에 지금도 저는 지옥이라는 말을 책에서 보면, 언제나 제 의지와 상관없이 한숨과 웃음과 피의 절규로 가득 찼던 온통 악취를 내뿜던 분만실, 제 고통의 산실을 떠올립니다. 그 치욕의 도살장을 말입니다! 제가 그때의 일에 대해 말하는 것을 부디 용서해 주십시오. 오직 한 번만 그에 대해 이야기하고, 절대로 다시는 말씀드리지 않겠습니다. 11년 동안이나 저는 이런 이야기를 입 밖에 내지 않았습니다. 이제 곧 영원히 침묵할 순간에 이르렀으니 마지막으로 한 번만 큰 소리로 외치겠습니다. 지금은 저기 숨이 끊긴 채 누워 있는 그 아이를 제가 얼마나 큰 희생을 치르고 얻었는지, 한 번만 큰 소리로 외치겠습니다.

저는 어느새 그 산고의 순간을 잊었습니다. 아이의 미소와 그 귀여운 목소리 속에서 뿌듯한 행복감에 젖어 그것을 슬며시 잊었습니다. 그러나 아이가 죽은 이 시점에 오게 되니 고통이 다시 물밀듯 밀려옵니다. 그래서 그 고통을 단 한 번만이라도 영혼의 절규로 내뱉지 않을 수 없는 것입니다. 그렇다고 당신을 원망하지는 않습니다. 하느님만을, 무자비한 고통을 내리신 하느님만을 원망할 따름입니다. 저는 맹세코 당신을 원망하지 않습니다. 아무리 노여움에 몸을 떨어도 저는 당신을 미워한 적이 한 번도 없었습니다. 심지어 제 몸이 아픔에 찢겨 나가던 순간에도, 알몸을 이리저리 더듬으며 바라보는 수련의들의 눈초리 아래서 수치심으로 온몸이 뜨겁게 달아오르던 순간에도, 저는 맹세코 당신을 원망하지 않았습니다. 당신과 하나가 되었던 그 밤을 저는 결코 후회하지도, 당신을 원망하지도 않았습니다. 저는 늘 당신을 사랑했고, 당신과 만난 순간을 항상 축복이라 생각했습니다. 혹시라도 다시 한번 저 지옥의 순간을 통과하거나 그래야 할 시간이 닥쳐온다면, 저는 다시 한번 그렇게 하겠습니다. 사랑하는 분이시여, 한 번만이 아니라 수천 번이라도 그렇게 하겠습니다!

우리의 아이는 어제 죽었습니다. 당신을 한 번도 보지 못한 그 아이가 죽은 것입니다. 어떤 우연이 기적적인 해후의 순간을 만들어 냈더라도 당신은 그를 결코 알아보지 못했을 것입니다. 꽃봉오리처럼 피어나는 이 조그만 생명, 당신의 피를 유일하게 이어받은 그 아이는 당신의 눈빛을 타인의 것인 양 스쳐 지나갔을 것입니다. 저는 그 아이를 가진 뒤로 당신 앞에 나타나지 않고 오랫동안 숨어 지냈습니다. 당신을 향한 동경은 그 아이 덕분에 아픔의 정도를 많이 덜었습니다. 적어도 그 아이가 생긴 후로 사랑 때문에 고통받는 일은 분명히 줄었습니다. 저는 당신과 그 아이에게 제 자신을 나누어 바칠 수가 없었습니다. 그래서 저는 행복한 분이신 당신, 제게는 지나가는 사랑만을 보내 주신 당신을 포기하고 오로지 그 아이에게 모든 것을 바치기로 결심했습니다.

저는 제가 키워야 하고 또한 입을 맞추고 껴안아 줄 수 있는 그 아이를 선택했습니다. 당신의 분신인 그 아이를 통하여 저는 사랑에 대한 불안, 그 저주에서 구원받은 것 같았습니다. 그래도 당신은 진정으로 저의 모든 것이었습니다. 왜냐하면 가끔, 물론 드물긴 했지만 저의 감정은 자신도 모르게 당신의 집 근처로 저를 달려가게 하곤 했기 때문입니다. 그러나 당신을 위해 한 가지만은 꼭 해 드렸습니다. 당신의 생일날이면 언제나 백장미 한 다발을 당신께 보내 드렸던 것입니다. 그것은 우리가 처음 사랑의 밤을 보내고 난 뒤 당신이 제게 선사한 것과 똑같은 꽃입니다. 당신은 지난 10여 년, 정확히는 11년 동안 매번, 누가 그 꽃을 보냈는지 궁금하게 여겨 보시기라도 했는지요? 혹시라도 자신이 언젠가 그 꽃을 선사했던 여인을 기억하시는지요? 저는 그것을 알 수 없고 앞으로도 당신의 대답을 듣지 못할 것입니다. 그저 어둠 속에서 1년에 한 번 그 꽃을 당신께 살며시 건네고, 그럼으로써 그 순간의 추억을 아름답게 꽃피우는 일, 제겐 그것으로 충분했습니다.

당신은 그 아이를, 우리의 가련한 아이를 한 번도 보지 못했습니다. 당신이 그 아이를 사랑해 주었을지도 모른다고 생각하니, 그 아이를 당신께 숨긴 일이 처음으로 후회도 됩니다. 아, 안타깝게도 당신은 그 가련한 아이를, 그 아이의 밝게 미소 짓는 모습을 한 번도 보지 못하셨습니다. 그 아이가 조용히 눈까풀을 올려 뜨고, 까맣고 영리한 눈으로 ─당신의 눈을 쏙 빼닮았답니다─ 맑고 행복한 빛을 저뿐만 아니라 온 세상에 던지던 사랑스런 모습을. 아, 그 아이는 너무나 명랑하고 귀여운 아이였습니다. 당신의 본질인 경쾌함이 그 아이의 내부에 천진스럽게 반영되어 있었습니다. 당신의 재빠르게 움직이는 상상력까지도 그 아이에게서 발견할 수 있었습니다. 당신이 삶과 유희하듯 그 아이도 몇 시간이고 사물들에 빠져 열심히 놀곤 했습니다. 그러다가 어느 순간이 지나면 곧바로 눈썹을 치켜 뜨고 책 앞에 침착하게 앉는 것이었습니다. 아이는 점점 당신을 닮아 갔습니다. 그 아이의 내부에서도 이미 당신의 천성에 속하는 진지함과 유희의 이중성이 눈에 띌 만큼 역력히 자라났습니다. 그래서 그 아이가 당신을 닮아 가면 닮아 갈수록, 아이에 대한 제 사랑도 그만큼 깊어 갔습니다.

아이는 공부를 잘했고, 작은 까치처럼 귀여운 입술로 프랑스어를 연신 재잘거렸습니다. 그 아이의 공책은 반에서 가장 깨끗했습니다. 그 아이의 모습은 너무나 귀여웠습니다. 새까만 비단 양복과 하얀 세일러복을 입고 있는 모습이 얼마나 우아했는지는 설명할 도리가 없습니다. 아이는 어디를 가든지 언제나 가장 우아한 모습을 보였습니다. 저와 함께 스페인의 그라도 해변에 갔을 때는 귀부인들이 걸음을 멈추고 그 아이의 금발을 쓰다듬어 주었고, 알프스의 제메링에서 스키를 탔을 때는 여러 사람들이 그를 둘러싸고 찬사를 아끼지 않았습니다. 아이는 너무나 귀엽고 부드러운 성품을 지녔으며, 붙임성이 있었습니다. 작년에 테레지아눔의 기숙사로 들어갔을 때, 그 아이는 18세기의 궁중 소년처럼 멋진 제복에 단검을 차고 있었습니다. 그러나 지금은 속옷밖에는 입고 있지 않습니다. 아, 이 가련한 아이는 지금 파랗게 질린 입술에 손을 가지런히 모으고 저기 비참하게 누워 있습니다.

그러나 당신은 제가 그 아이에게 어떻게 그런 사치스런 교육을 시키고, 밝고 쾌활한 상류 사회의 생활을 접하게 할 수 있었는지 의아해하실지 모르겠습니다. 나의 가장 사랑하는 분이시여, 저는 어둠 속에서 당신께 모든 것을 말씀드리겠습니다. 저는 전혀 수치심을 느끼지 않는답니다. 그렇더라도 제발 놀라지는 말아 주세요. 실은 사랑하는 분이여, 저는 몸을 팔았답니다. 물론 매춘부나 창녀라고 불리는 그런 부류의 인간이 된 것은 아니지만, 아무튼 저는 몸을 팔았습니다. 돈이 많은 남자 친구들, 아니 돈이 많은 애인들과 사귀었습니다. 처음에는 제가 그들을 찾았고, 다음에는 그들이 절 찾았습니다. 당신도 그걸 느꼈는지 모르겠지만, 저는 매우 아름다웠기 때문입니다. 제가 몸을 맡긴 남자는 누구든 저를 사랑했고, 감사해하면서 제게 매달렸습니다. 그들 모두가 저를 사랑하였습니다.

사랑하는 분이시여, 그런데 당신만이, 오로지 당신만이 절 아랑곳하지 않았습니다. 제가 몸을 팔았다는 사실을 솔직하게 고백했다고 해서 저를 경멸하실는지요? 아니겠지요. 그렇다고 저를 경멸하지는 않으시겠지요. 저는 잘 압니다. 당신은 모든 일을 이해하고, 또 이해하실 것이라는 사실을. 제가 그렇게 한 것도 전적으로 당신을 위해서였다는 것을. 당신의 다른 존재인 바로 저 아이를 위해서였다는 것을 말입니다.

저는 시립병원 분만실에서 가난의 무서움을 톡톡히 맛보았습니다. 그 덕분에 저는 이 세상에서 가난한 자는 언제나 짓밟힌 자, 비참하게 억눌린 자이며 희생양이라는 것을 알았습니다. 그 때문에 저는 무슨 일이 있어도 당신의, 아! 당신의 밝고 아름다운 그 아이만은 가난의 비참한 밑바닥에서 자라게 하고 싶지 않았습니다. 지저분한 길바닥의 쓰레기나 더럽고 비천한 곳, 전염병이 가득한 으슥

한 뒷골목에서 기르고 싶지 않았습니다. 저는 아이의 가냘픈 입술이 하수도 배관공의 더러운 말투를 배운다거나, 그의 깨끗한 몸이 가난뱅이의 불결하고 구겨진 속옷을 알지 못하게 하리라 굳게 다짐했습니다. 당신의 아이에게 모든 것을 갖게 하고, 세상의 모든 풍요와 안락을 누리게 하리라, 그리하여 당신의 위치까지 자유롭게 상승하여 당신의 생활권 같은 곳에 진입하도록 하리라 결심했던 것입니다. 사랑하는 이여! 이 때문에, 바로 이 때문에 저는 몸을 팔았던 것입니다. 이런 것은 제게 아무런 희생도 아니었습니다. 사람들이 흔히 명예니 치욕이니 부르는 것은 제게 아무런 의미가 없었기 때문입니다. 당신은 저를 사랑하지 않았지만, 당신만이 제 몸의 소유자였습니다. 다른 남자와의 육체적 관계는 무감동할 뿐이었습니다. 남성들의 애무는 말할 것도 없고, 그들 내부의 진정한 열정조차도 제 마음속 깊은 곳까지 감동시키지는 못했습니다.

물론 저는 그들 가운데 몇몇은 깊이 존경했고, 더욱이 제 자신의 운명을 생각할 때 보답할 수 없는 애정 어린 동정심이 제 마음을 사로잡기도 했습니다. 제가 알고 있던 모든 사람들은 제게 친절하였습니다. 그들 모두가 제 뜻을 기꺼이 따라 주었고, 모두가 저를 존중해 주었습니다. 그중에서도 한 분, 어느 나이 든 독신의 백작은 아버지 없이 자라는 당신의 아이를 테레지아눔에 넣기 위해 수없이 교문을 드나들었습니다. 그분은 저를 딸처럼 사랑해 주셨고, 제게 결혼 신청을 서너 번씩이나 하셨습니다. 그분과 결혼했더라면, 저는 지금쯤 백작부인이 되었을 것이고 티롤 지방에 있는 꿈처럼 아름다운 성의 여주인으로 근심 없이 살고 있을지도 모릅니다. 다른 무엇보다도 아이가 그를 잘 돌보아 주는 자상한 아버지를 가질 수 있었을 것이고, 저역시 조용하고 고상하며 친절한 남편을 곁에 둘 수 있었을 테지요. 그럼에도 저는 그렇게 하지 않았습니다. 그분은 그토록 제게 열성이셨건만, 저는 그분의 청을 거절했고 그분은 마음의 상처를 입으셨습니다. 어쩌면 제가 아주 어리석었는지도 모르겠습니다. 그때 만일 결혼했더라면, 저는 지금 어딘가에서 조용하게 숨어 살고 있겠지요.

그러나 당신께 고백하지 않을 수 없습니다. 저는 누군가에게 얽매이지 않고 당신을 위해 언제까지나 자유롭게 남아 있으려고 했습니다. 저의 가장 깊은 구석 어느 곳에, 제 본질의 무의식 속에 그 옛날 어린 시절의 꿈이 살아 있었던 것입니다. 설령한 순간만을 위한 것이라도 혹시나 당신이 다시 한번 저를 불러 주실지 모른다는 기대감을 버릴 수가 없었습니다. 저는 그 조그만 가능성을 위해 모든 것을 내던졌고, 당신이 부르시면 그 즉시 당신께 새처럼 훨훨 날아가려고 했습니다. 어린 시절의 잠에서 깨어난 이래로 제 인생은 오로지 기다림, 당신의 부름을 따르려는 기다림 이외엔 아무것도 아니었습니다. 그런데 정말 그 고대하던 순간이 왔습니다. 그러나 사랑하는 분이여, 또다시 당신은 그런 저를 알아보지도, 헤아리지도 못하셨습니다. 그 순간에도 역시 당신은 저를 알아보지 못하셨습니다. 결코, 결코 당신은 절 알아보지 못하셨던 것입니다!

저는 그 이전에도 가끔 당신을 만났습니다. 극장이나 음악회 그리고 프라터 공원이나 길거리에서. 그때마다 제 심장은 두근거렸지만, 당신은 저를 그저 무심히 스쳐 지나갔습니다. 물론 겉보기에 저는 아주 딴사람이 되어 있었지요. 수줍어하는 소녀에서 귀부인이 되어 있었으니까요. 사람들의 말처럼 저는 아름다웠고, 값비싼 옷을 입고, 숭배하는 남자들에게 둘러싸여 있었습니다. 이런 저의 모습에서 당신이 어떻게 당신 침실의 희미한 불빛 속에서 부끄러워하던 저 어리석은 소녀를 연상할 수 있었을까요! 저와 함께 걸었던 남자들 가운데 간혹 당신께 인사하는 사람들이 있었습니다. 당신은 인사를 받으시고 제게 눈길을 돌리셨습니다. 당신의 눈길은 초면의 공손함과 예의를 갖추고 있을 뿐, 저를 알아보는 기색은 조금도 없었습니다.

언젠가 한번은 이런 일이 있었습니다. 당신의 무심한 눈빛은 아직도 제 눈에 생생하고, 이미 그런 것에는 익숙해져 있었지만, 당시에 일어난 일은 제게 쓰라린 고통을 안겨 주었습니다. 저는 어떤 남자와 오페라를 구경하며 자리에 앉아 있었습니다. 마침 당신이 제 옆자리에 앉아 계셨습니다. 서곡이 울리며 불이 꺼지자 저는 당신의 얼굴을 볼 수 없었습니다. 과거의 그날 밤처럼 당신의 숨소리를 옆에서 느낄 수 있었을 따름입니다. 그때 당신은 우리의 좌석을 갈라놓은 칸막이 난간 위에 그 섬세하고 부드러운 손을 올려놓고 계셨습니다. 그런데 저는 자꾸만 밀려오는 갈망에 사로잡혔습니다. 그것은 예전에 저를 그토록 부드럽게 안았던 그 낯설고도 사랑스러운 손에 입을 맞추고 싶은 갈망이었습니다. 음악은 사방에서 끓어오르듯 파동을 일으키고 있었고, 제 갈망은 점점 열정을 이기지 못하게 되었습니다. 제 입술은 강한 충동에 떨며 당신의 사랑스런 손에 이끌려 드는 것이었습니다. 저는 마침내 경련을 일으키듯 벌떡 일어나야만 했습니다. 1막이 끝난 후 저는 제 남자 친구에게 그만 나가자고 간청하고 말았습니다. 어둠 속에서 당신과 그토록 낯선 관계로 가까이 있는 것을 더는 참아 낼 수 없었습니다.

그러나 그 순간은 오고야, 다시 한번 오고야 말았습니다. 암흑에 묻혀 있던 제 삶에 그 순간이 마지막으로 오고야 말았습니다. 꼭 1년쯤 전에 일어난 일이었습니다. 그날은 당신의 생일 바로 다음 날이었습니다. 저는 이상하게도 온종일 당신 생각에서 헤어날 수가 없었습니다. 물론 당신의 생일이 오면 저는 언제나 그날을 축제날처럼 기쁘게 맞이했습니다. 저는 아주 이른 아침에 밖에 나가 백장미를 샀습니다. 저는 해마다 그 꽃을 당신은 잊고 있는 그 순간을 기념하기 위해 당신께 보내 드렸습니다. 그날 오후에는 아이를 데리고 데멜 다과점에 다녀왔고, 저녁때는 극장에 갔습니다. 우리의 아이 또한 이날의 의미를 알지는 못해도, 왠지 이날만은 어린 시절부터 신비로운 축제일처럼 느끼기를 바랐습니다. 그렇게 보낸 다음 날, 저는 제 친구이자 이미 2년 동안 동거하고 있던 젊고 돈이 많은 공장주와 함께 지냈습니다. 이 남자 역시 저를 더없이 떠받들고 위하며, 다른 남자들과 마찬가지로 저와 결혼하기를 간절히 원하고 있었습니다. 저는 뚜렷한 이유도 없이 딴 남자들에게 그랬듯이 그 청을 거절해 왔습니다. 그는 저와 아이에게 과분하게 많은 것을 선사했고, 때로는 그것이 지나쳐 좀 둔하고 맹목적인 친절을 베풀 때도 있을 만큼 호의적이었습니다.

우리는 함께 음악회에 참석하여 명랑한 사교계의 인사들과 만났으며, 광장 식당에서 식사도 했습니다. 거기서 한바탕 웃고 떠들다가 제가 '타바린'이라는 댄스홀에 가자고 제의했습니다. 원래 저는 술에 취한 기분에 들뜬 그런 어색한 장소를 매우 역겨워했으며, 평소에 그런 제안을 받았다면 거절했을 것입니다. 그런데 이번에는 알 수 없는 마법에라도 걸린 듯 제 자신이 무의식적으로 불쑥 그런 제안을 했습니다. 물론 다른 사람들은 흔쾌히 동의했습니다. 사실 저는 그곳에서 특별한 어떤 것이 저를 기다리고 있는 듯한, 설명하기 힘든 갈망에 불현듯 빠졌더랍니다. 늘 제 비위를 맞춰 주던 사람들 모두가 급히 일어나, 우리 모두는 그쪽으로 발길을 돌렸습니다. 우리는 거기서 샴페인을 마셨습니다. 그런 중에 갑자기 제가 이제껏 알지 못했던 아주 흥분된 쾌감, 거의 고통에 가까운 쾌감이 제 몸을 감싸는 것이었습니다. 저는 샴페인을 계속

해서 들이켰습니다. 그리고 대중적인 가요를 흥겹게 따라 부르며 한데 어울려 춤추고 마음껏 소리를 지르고 싶은 충동을 마다할 수 없었습니다.

그런데 갑자기 무엇인가 차가운, 아니 뜨거운 어떤 것이 가슴에 강렬히 밀려와 저는 몸을 벌떡 일으켰습니다. 바로 옆자리에 당신이 친구 몇 분과 앉아 계시는 것이었습니다. 당신은 저를 감동과 욕망의 눈초리로, 언제나 제 몸 가장 깊숙한 곳에서부터 저를 뒤흔들어 놓는 당신 특유의 눈초리로 저를 바라보고 계시는 것이었습니다. 당신은 10년이 지난 그날에 와서야 비로소 당신 존재의 무의식적 열정의 본능으로 저를 바라본 것이었습니다. 저는 몸을 떨지 않을 수 없었습니다. 하마터면 저는 들고 있던 술잔을 바닥에 떨어뜨릴 뻔했습니다. 함께 있던 친구들이 파도치는 웃음소리와 음악의 물결에 빠져서 제가 혼란스러워하는 기미를 알아채지 못한 것이 다행이었습니다. 당신의 눈빛은 갈수록 점점 불타올랐고, 저는 그 유혹의 불길 속에 완전히 가라앉는 기분이었습니다. 저는 알지 못했습니다. 과연 당신이 저를 알아보았는지, 아니면 저를 다른 낯선 여인으로 새롭게 원하고 있었는지를.

제 뺨은 끓는 피로 벌겋게 달아올랐고, 친구들의 물음에 저는 마냥 딴소리를 하고 있었습니다. 당신은 제가 당신의 눈빛에 얼마나 당황하고 있는지를 분명히 알아차렸습니다. 당신은 곧 제게 다른 사람들 모르게 슬며시 머리를 끄덕임으로써, 잠시 홀의 입구로 나올 수 없느냐는 신호를 보냈으니까요. 당신은 이어서 보란 듯이 술값을 지불하고 친구들과 작별 인사를 나눈 뒤 밖으로 나가셨지요. 그 직전에 당신은 또 한 번 제게 밖에서 기다리겠다는 신호를 보내는 걸 잊지 않으셨습니다. 제 몸은 추위를 참을 수 없는 듯 또는 열기에 들뜬 듯 덜덜 떨렸습니다. 저는 대답할 겨를이 없었습니다. 들끓는 흥분을 가라앉힐 도리도 없었습니다.

바로 그 순간 우연히도 한 쌍의 흑인 댄서가 발꿈치를 딸각거리고 날카롭게 소리를 지르며, 이제껏 보지 못한 괴상한 춤을 추기 시작했지요. 저는 모든 사람들이 흑인 댄서에게 정신이 팔려 있는 그 틈을 이용했습니다. 저는 몸을 일으켜 세우면서 춤에 열중해 있는 친구에게 곧 돌아오겠다고 말하고는 당신께 달려갔습니다.

당신은 홀 입구의 옷 맡기는 곳에 계셨습니다. 저를 기다리고 계신 것이 틀림없었습니다. 제가 그리로 갔을 때, 당신의 눈빛이 환히 빛나고 있었으니까요. 당신은 서둘러 밝게 미소를 지으며 저를 맞아 주셨습니다. 저는 그 즉시 당신이 절 알아보지 못한다는 것을 다시 깨달았습니다. 당신은 그야말로 저를 예전의 어린애나 그 후의 처녀로 인식하지 못하고, 처음 보는 낯선 여인으로 다시 붙잡았던 것입니다. 당신은 제게 "실례지만, 1시간쯤 시간 좀 내실 수 있겠습니까?" 하고 친근한 태도로 물으셨습니다. 저는 당신의 침착하기만 한 태도에서 당신이 저를 그렇고 그런 여인 가운데 하나 정도로 여긴다는 것을 확연히 느낄 수 있었습니다. "예"라고 저는 대답했습니다. 이 대답은 몸을 벌벌 떨면서도 기꺼이 승낙하는 대답, 그러니까 벌써 10여 년 전 어둑어둑한 거리에서 한 소녀가 대답했던 것과 같은 종류의 대답이었습니다.

그러자 당신은 "그런데 언제 뵐 수 있을까요?"라고 물었습니다. 저는 "언제라도 좋아요"라고 대답했습니다. 당신 앞에서는 수치감이라고는 전혀 느끼지 못했던 것입니다. 이에 당신은 어느 정도 놀란 듯 잠시 저를 바라보고는, 너무 빠른 승낙에 몹시 놀랐던 그 당시와 똑같이 불신과 호기심 어린 이상한 표정을 지으셨습니다. 당신은 약간 망설이는 기색으로 "그렇다면 지금 갈 수 있을까요?"라고 물었고, 저는 흔쾌히 "좋아요, 우리 나가죠"라고 대답했습니다. 저는 옷 맡기는 곳에서 제 외투를 찾으려 했으나 제 남자 친구가 우리 외투를 함께 맡기고 보관증을 갖고 있다는 사실을 생각해 냈습니다. 다시 돌아가 그것을 달라고 하려면, 반드시 그에 합당한 이유가 필요할 것이었습니다. 하지만 그토록 여러 해 동안 열망한 당신과의 해후를 포기할 수는 없었습니다. 그래서 저는 잠시도 망설이지 않고, 야회복 위에 숄만을 걸친 채 안개가 촉촉하게 깔린 거리로 나왔습니다.

외투를 걸치지 않았다거나, 몇 년 동안 동거한 착하고 친절한 친구를 말없이 남겨 놓았다거나 또는 친구들 면전에서 그를 우스꽝스런 바보로 짓밟아 버릴 수도 있다는 점을 전혀 걱정하지도 않았습니다. 그의 애인이 함께 지낸 지 몇 년도 되지 않아 웬 낯선 남자의 휘파람 한 번에 도망쳐 버렸다는 오명이 그에게 남겨질지도 모를 일이었습니다. 그렇지만 저는 그런 것을 걱정할 겨를이 없었습니다. 아, 그러나 저는 성실한 친구에게 제가 했던 천하고 배은망덕한 행위, 그 파렴치한 행위를 마음 속 깊이 새겨 놓았습니다. 저는 제가 어리석은 짓을 했으며, 저의 망상 때문에 착한 친구 하나가 영원히 지워지지 않을 상처를 입었음을 느꼈습니다. 저의 인생이 그 한복판에서부터 갈라져 나간다는 느낌을 저는 떨쳐 버리지 못했습니다. 하지만 다시한번 당신의 입술을 느끼면서 제게 가만히 속삭이는 당신의 말소리를 들으려는 안타까움에 비한다면, 제게 우정이 무엇이고 실존이 무엇이었겠습니까? 그토록 저는 당신을 사랑했습니다. 그 모든 것이 지나가고 사라져 버린 지금 이 순간에도 당신을 사랑했다는 말을 서슴지 않고 드릴 수 있습니다. 그리고 이제 죽음의 침대 위에 누워 있는 이 순간에라도 당신이 만일 저를 불러 주시면, 저의 마지막 힘을 다해 당신께로 달려갈 것입니다.

마침 차 한 대가 홀 입구에 서 있어서, 우리는 그것을 타고 당신 집으로 갔습니다. 저는 다시 당신의 목소리를 들으면서 당신의 부드러운 감촉을 느꼈습니다. 예전과 마찬가지로 저는 황홀감에 넋을 잃었습니다. 어린아이 같은 행복감에 젖어 어찌해야 할지 알 수 없을 지경이었습니다. 10여 년이 지난 후, 똑같은 계단을 새롭게 밟고 올라가는 기분은 이루 형용할 수가 없었습니다. 아니, 그게 아닙니다! 그 순간 모든 것은 영원히 중첩되는 것처럼 느껴졌습니다. 그 영원의 순간순간 속에서 제가 얼마나 당신이라는 존재만을 절대자로 느꼈는지, 그것은 말로는 도저히 설명할 수가 없습니다.

방의 내부는 그다지 달라진 점이 없었습니다. 몇 폭의 그림이 더 걸려 있고, 책이 전보다 많아졌으며, 낯선 가구들이 듬성듬성 눈에 띌 따름이었습니다. 그러나 모든 것이 여전히 저를 친숙하게 맞이하였습니다. 더욱이 책상 위에는 장미가 꽂힌 꽃병이 놓여 있었습니다. 제가 어제 잊힌 어느 여인을 회상해 주십사 당신께 생일 선물로 보내 드린 바로 그 백장미였습니다. 바로 그 여인이 당신 곁에서, 손을 마주 잡고 입술을 맞대고 있는 그 순간에도, 당신은 그 여인의 존재를 조금도 인식하지 못했습니다. 그러나 당신이 그 꽃을 간직하고 계시다는 것만도 제게는 커다란 기쁨이었습니다. 제 가장 깊은 내부에서 우러나온 입김이 그 꽃이었고, 당신을 그리는 제 사랑의 호흡이 그 꽃이었으니….

당신은 저를 가슴으로 포옹했습니다. 다시금 저는 당신 곁에서 황홀한 하룻밤을 지새웠습니다. 당신은 벌거벗은 제 몸을 보고도 저를 전혀 알아보지 못했습니다. 저는 당신의 능숙한 애무를 받고 행복에 겨워 어쩔 줄 몰랐습니다. 당신의 불타는 정열은 애인과 매춘부 사이에 아무런 구별도 없다는 것을 저는 알았습니다. 당신은 욕망이 원하는 대로 쫓아가 아무런 생각도 없이 끓어오르는 본성을 모조리 태워 버리는 분이셨습니다. 밤거리에서 우연히 데려온 저에게까지 당신은 섬세하고 부드러웠습니다. 여자를 사랑할 때의 당신은 너무나 은근하고 정중했고 동시에 너무나 정열적이었습니다. 다시금 저는 그 옛날 맛본 행복감에 취해 당신 본질의 독특한 이중성을 느꼈습니다. 그것은 일찍이 어린 여자애를 당신의 수중에 넣었던 관능의 배후에 숨어 있는 지적이고도 정신적인 열정이었습니다.

이제껏 제가 접해 본 여러 남자들 중에서 당신만큼 부드러움 속에서 그토록 몰두하는 분을 본 일이 없으며, 가장 깊은 본질에 그토록 돌발적이고 번쩍이는 힘으로 다가가는 사람도 본 일이 없었습니다. 물론 그런 폭발의 순간을 보내면 곧장 무한의 어떤 곳, 거의 비인간적이라 할 만한 망각의 늪으로 꺼져 들어가는 것도 당신의 열정이었습니다. 그렇지만 제 자신도 스스로를 망각하는 존재가 아닌가 하고 생각했습니다. 그때 당신 곁의 어둠 속에서 존재하던 저라는 사람은 누구였을까요? 저는 과거 언젠가 불타는 그리움으로 애달파하던 어린 소녀였던가요 아니면 당신의 아이를 기르는 어머니였던 가요? 그도 저도 아니면 결국 하룻밤을 즐기는 낯선 여인이었나요?

아, 이 모든 것은 그토록 제게 친숙했고, 또한 체험을 통해 익숙하였습니다. 모든 것은 이 정욕의 하룻밤을 보내며 새롭게 출렁이는 물결로 저를 또다시 스쳐 지나고 있었습니다. 저는 하늘을 보며 이 밤이 제발 끝나지 않기를 빌었답니다. 그러나 마침내 아침은 찾아오고야 말았습니다. 우리는 늦게 일어났습니다. 당신은 제게 아침을 함께 하자고 권했습니다. 우리는 어느 틈에 하인이 사려 깊게 식당에 준비해 놓은 차를 같이 마시며 이런저런 얘기를 나누었습니다. 당신은 이번에도 아주 거리낌 없이 당신 특유의 애정 어린 친밀감을 보이며 말했습니다. 그러나 당신은 예전처럼 막된 질문을 던진 다거나 제 신분을 캐묻는 법이 없었습니다. 당신은 제 이름도, 주소도 묻지 않았습니다. 저는 또다시 당신이 즐기는 성적 모험의 대상에 불과했고, 망각의 희미한 연기 속에서 덧없이 사라지는 이름 없는 존재일 뿐이었습니다.

이번에도 당신은 먼 여행을 떠나려 한다고, 2개월 내지 3개월 동안 북아프리카로 떠나신다고 말하는 것이었습니다. 저는 행복의 한가운데서 고통으로 몸을 부들부들 떨었습니다. 귓속에서 어떤 절규의 소리가 윙윙 울리고 있었기 때문입니다. '모든 것은 스쳐 간다! 스쳐 지나가 망각된다.' 저는 당신의 무릎에 쓰러져 이렇게 절규하고 싶었습니다. '저를 데려가 주세요. 그리고 그토록 수많은 세월 뒤에 숨어 지낸 저를 이젠 제발, 이젠 제발 알아주세요!' 그러나 저는 당신 앞에서 너무나 부끄럽고 비겁하며, 노예처럼 비천하고 마음이 여렸습니다. 저는 다만 "그것 참 유감이네요"라고 응수할 수 있었을 뿐입니다. 당신은 은근한 미소를 머금고 저를 바라보면서 말했습니다. "정말로 유감스럽게 생각하십니까?" 이때 알 수 없는 어떤 격한 감정이 불쑥 저를 사로잡았습니다. 저는 자리에서 일어나 당신을 한동안 뚫어지게 바라보았습니다. 그러고 나서 이렇게 말을 던졌습니다. "제가 사랑한 남자도 언제나 여행을 떠나곤 했었죠." 저는 당신을 똑바로 응시하면서, 당신의 빛나는 눈동자 한가운데를 뚫어지게 바라보며 이렇게 노골적으로 말했습니다. '이제는 알아보겠지!' 이런 생각에 몸이 떨렸습니다. 저는 마음속의 격랑을 진정시킬 수 없었습니다. 그러나 당신은 제게 빙긋 미소를 보내며 위로의 말을 전할 뿐이었습니다. "떠나는 사람은 꼭 돌아오는 법입니다." 저는 곧 대답했습니다. "그렇겠지요, 떠난 분은 돌아오게 마련이지요. 하지만 그분은 과거를 잊었답니다."

당신에게 말하는 제 태도에는 어딘지 모르게 기이하고 열정적인 점이 보였음이 분명합니다. 왜냐하면 당신 역시 자리에서 일어나 놀라움과 애정 어린 눈길로 저를 응시하셨기 때문입니다. 당신은 이어서 제 어깨를 잡고 이렇게 말했습니다. "좋은 추억은 잊히지 않아요. 나는 당신을 잊지 못할 겁니다." 이때 당신의 눈길은 저의 모습을 확실히 새겨 놓으려는 듯 깊숙이 제게 파고들었습니다. 당신의 눈길이 저의 내부 깊숙이 파고 들어와 무엇인가 탐색하고 추적하여 제 본질 자체를 남김없이 빨아들이는 것을 느꼈습니다. 그래서 저는 이제야말로 마침내 당신의 눈멀음의 속박이 깨지는구나, 하고 생각했습니다. '이젠 정말 나를 알아볼 거야, 이제는!' 제 영혼의 숨결은 이런 간절한 생각에 부들부들 떨고 있었습니다.

그럼에도 당신은 끝내 저를 알아보지 못했습니다. 아니, 그 정도가 아닙니다. 당신은 저를 알아보지 못했을 뿐만 아니라, 그 몇 분처럼 제가 당신으로부터 소외된 존재였던 적은 결코 없었습니다. 그때처럼 행동하신 적은 아마도 그 이전에는 결코 없었을 것입니다. 당신은 제게 키스를 하셨습니다. 그리고 한 번 더 열정적으로 키스를 하셨습니다. 저는 헝클어진 머리를 다시 손질하지 않을 수 없었습니다. 그런데 거울 앞에 서 있는 동안, 저는 거울을 통해 믿지 못할 광경을 보았던 것입니다. 저는 수치심과 분노로 무너질 지경에 이르렀습니다. 거울을 통해 저는 당신이 제 팔장갑 속에 몇 장의 고액지폐를 살짝 넣는 것을 보았습니다. 그걸 보고도 왜 큰소리를 지르며 당신이 넣은 그 야비한 뱀을 후려치지 못했는지 도무지 알 수 없습니다. 어린 시절부터 줄곧 당신을 사랑했고, 더욱이 당신 아이의 어미인 제게 지난밤의 대가로 돈을 지불하다니요! 당신에게 저는 결국 타바린 댄스홀에서 데려온 창녀에 불과했으며, 그 이상의 어떤 여자도 아니었습니다. 몸을 판 대가로 돈을 받는 여자에 불과했습니다!

저는 당신께 잊힌 것으로도 모자라, 철저히 굴욕

을 당하기까지 했습니다. 저는 재빨리 제 물건을 이리저리 더듬어 챙겼습니다. 저는 서둘러 떠나려고 하였습니다. 마음이 몹시 아팠습니다. 저는 모자를 손에 들었습니다. 그런데 모자는 책상 위에 백장미를 꽂아 둔 푸른 꽃병 옆, 바로 제가 보낸 장미 옆에 놓여 있었습니다. 그 꽃을 보는 순간 저는 강렬한 어떤 힘, 항거할 수 없는 어떤 힘에 이끌렸습니다. 다시 한번 당신의 기억을 일깨워 보자는 것이었죠. "당신의 백장미 가운데 한 송이만 주시지 않겠어요?"라고 저는 물었습니다. 당신은 "물론 기꺼이 드리죠"라고 말하며 즉시 한 송이를 제게 집어 주었습니다. "그런데 이 꽃은 아마도 어느 여인으로부터, 당신을 사랑하는 여인으로부터 받으셨겠죠?" 그러자 당신은 "아마 그렇겠지요"라고 대답했습니다. "그걸 잘 모르고 있습니다. 내게 오긴 했어도 누가 보냈는지는 잘 모릅니다. 그래서 나는 더 이 꽃을 좋아하지요." 저는 당신 얼굴을 응시하면서 이런 말을 던져 보았습니다. "어쩌면 당신에게 잊힌 어느 여인이 그걸 보냈는지도 모르죠!"

당신은 놀란 눈초리로 저를 바라보았습니다. 저는 당신의 눈을 정면으로 들여다보았습니다. 제 눈빛은 '절 모르시겠어요? 제발 절 알아봐 주세요!'라고 울부짖었답니다. 그러나 당신의 눈은 친절하게 미소를 지으면서도 전혀 알아차리지 못하는 기색이었습니다. 당신은 제게 또 한 번 키스를 했습니다. 그러나 당신은 끝내 저를 알아보지 못하였습니다. 저는 급히 문쪽으로 갔습니다. 눈물이 흐르는 꼴을 보이고 싶지 않았기 때문입니다. 현관에서 ―너무 급히 서둘러 나가다가― 하마터면 당신의 집사 요한과 정면으로 마주칠 뻔했습니다. 그는 고개를 숙이며 황급히 옆으로 비켜서서는, 문을 열고 제가 나가도록 해 주었습니다. 그런데 그때, 그때 말입니다! 눈물을 흘리며 그분을 힐끗 쳐다보는 그 짧은 순간에, 그 영감님의 눈에는 돌연 번쩍

하는 광채가 스쳐 지나갔습니다. 그토록 짧은 순간에, 소녀 시절 이후로는 저를 보지 못했던 그 노인이 저를 알아본 것입니다.

자리만 허락했다면, 저를 알아보신 데 대한 감사의 뜻으로 그분 앞에 무릎을 꿇고, 손에 키스라도 해 드리고 싶은 심정이었습니다. 대신에 저는 팔장갑에서 급히 그 혹독한 수모의 대가인 지폐를 꺼내 그분께 찔러 넣어 드렸습니다. 노인은 몸을 부르르 떨면서 놀란 눈으로 제 얼굴을 올려다보았습니다. 찰나의 순간이었지만 노인은 저에 대해 아마도 당신이 평생 예감했던 것보다도 더 많은 것을 예감했는지 모릅니다. 어떤 사람이든 모두가 저를 떠받들어 주었고, 모두가 제게 너그러웠습니다. 오직 당신, 당신이라는 분 한 분만이 저를 기억하지 못했습니다. 오직 당신, 당신 한 분만이 저를 알아보지 못한 것입니다!

제 아이는 죽었습니다. 제 아이는 죽었답니다.

이제 사랑할 사람이라고는 이 세상에서 그 아이의 아버지이신 당신밖에는 더는 아무도 없습니다. 그러나 저를 한 번도, 정말 한 번도 알아보지 못하는 당신이 제게 무슨 소용이겠습니까! 물가를 스쳐 지나듯 제 곁을 스쳐 지나는 당신, 길가의 돌을 밟고 가듯이 저를 무심히 밟고 가는 당신, 마냥 앞으로만 걸어갈 뿐 영원히 저를 뒤에 남겨 놓고 기다리게 하는 당신이 도대체 제게 무슨 소용이 있단 말입니까? 예전에 저는 당신을 붙잡을 수 있다고 생각했었습니다. 언제나 사뿐히 달아나는 당신을 저는 우리의 아이를 통해 붙잡을 수 있으리라 잘못 생각했습니다. 하지만 아이는 정말 당신의 아이였답니다. 무정하게 그 아이도 하룻밤이 채 지나기도 전에 저로부터 달아나 여행길에 올라 버렸습니다. 아이는 저를 잊어버리고 다시는 돌아오지 않는 곳으로 떠나갔습니다. 저는 다시 혼자 남았습니다. 그 어느 때보다 훨씬 더 외로워졌습니다.

저는 당신으로부터 받은 것이라고는 아무것도 없습니다. 어린애는 말할 것도 없고, 한 마디의 말, 한 줄의 글, 하나의 단편적인 추억거리조차 당신으로부터 받은 것이 없습니다. 만일 누군가가 당신의 면전에서 제 이름을 부른다 해도, 당신은 그 이름을 낯설게 듣고는 지나치겠지요. 제가 당신에게 죽어 있는 존재인데, 어찌 죽기를 꺼려하겠습니까? 당신으로부터 길가에 버림받은 존재인데, 어찌 제 인생길을 계속 걸어갈 수 있겠습니까? 아, 사랑하는 분이시여, 저는 당신을 원망하지 않습니다. 당신의 행복한 집 안에 저의 슬픔을 던져 넣으려는 것도 아닙니다. 제가 당신을 괴롭힐까 두려워는 말아 주세요. 다만 이런 점만은 부디 용서해 주세요. 아이가 죽어 저기 아무렇게나 버려져 누워 있는 이 절박함 속에서, 저는 제 영혼의 울부짖음을 토로하지 않을 수 없었답니다. 오직 이번 한 번만 당신께 저의 심정을 말씀드려야겠습니다. 그러고 나서 이

제까지 당신의 곁에서 침묵을 지켜 왔듯이 제 자리인 어둠 속으로 말없이 돌아가렵니다.

그러나 당신은 제가 살아 있는 한 이 부르짖음을 듣지 못하실 겁니다. 제가 죽은 후에야 이 유언의 편지를 받아 보실 테니까요. 당신은 어느 누구보다 당신을 사랑했던 한 여인, 그렇지만 당신은 결코 알지 못하는 한 여인으로부터 이 편지를 받은 것입니다. 그 여인은 당신을 영원히 기다려 왔는데, 당신은 그 여인을 한 번도 부른 적이 없었습니다. 어쩌면 당신이 이 편지를 받고서 저를 부를지도 모르겠습니다. 하지만 저는 처음이자 마지막으로 당신의 뜻에 따르지 못하게 될 것입니다. 죽은 다음에는 당신의 부름을 더 이상 듣지 못하기 때문입니다. 당신이 제게 아무것도 남겨 놓지 않았던 것처럼, 저 또한 당신께 사진이나 그림 한 장 남겨 놓지 않을 것입니다. 이로써 당신은 끝내 저를 알아보지 못하게 될 것입니다. 이것이 바로 저의 운명, 죽음

속에서도 제가 치러야 할 운명입니다. 저는 이 최후의 순간에도 당신을 부르지 않겠습니다. 저는 그저 떠나갈 따름이고, 당신은 여전히 제 이름과 얼굴을 모르는 채 세상에 남아 있는 것입니다. 제가 쉽게 죽을 수 있는 까닭은 낯선 그 먼 곳에서는 당신이 그것을 느끼지 못하기 때문입니다.

혹시 당신이 저의 죽음을 슬퍼하신다면, 제가 어찌 죽을 수 있겠습니까. 그러나 저는 더 이상 글을 써 내려갈 수가 없습니다. 머리가 너무나 희미하고, 온몸이 고통스럽습니다. 저는 높은 열에 들떠 있습니다. 곧 쓰러져 잠이 들고 말 것 같습니다. 아마도 이 모든 고통은 얼마 안 가 사라지고, 운명이 자비로운 미소를 보내며 찾아들겠지요. 그리하여 아이가 그 사람들에게 끌려 나가는 모습을 제발 보지 않았으면 합니다. 더 이상 글을 쓸 수가 없습니다. 부디 안녕히 계세요. 부디 안녕히. 아, 나의 사랑하는 분이여! 그동안 고마웠습니다. 그 모든 일에도 불구하고 행복했으니… 마지막 숨결을 내쉬는 그 순간까지 당신께 감사를 드리고자 합니다. 그 모든 사연을 말씀드리고 나니, 이제 후련합니다. 당신은 이제 아시겠지요. 아니, 어렴풋이 짐작이라도 하시겠지요. 제가 얼마나 당신을 사랑했으며, 저의 이런 사랑이 당신께 얼마나 부담 없는 사랑이었는지를. 저는 당신께 부담을 드리지 않을 것입니다. 그것이 저의 마지막 위안입니다. 결국 당신의 아름답고 밝은 생활에 달라지는 것은 아무것도 없을 테니… 저의 죽음조차도 당신께 폐가 되지 않도록 하렵니다… 사랑하는 분이여. 그것이 제 마지막 위안입니다.

그러나 백장미를 누가 보내 드릴까요? 아, 그 꽃병은 앞으로는 텅 비어 있겠지요. 1년에 한 번 당신의 주변을 감돌던 그 가냘픈 숨결, 제 삶의 여린 입김도 영원히 없어져 버리겠지요! 사랑하는 분이시여, 제발 저의 청을 들어주세요. 이것은 제가 당신께 드리는 처음이자 마지막 간청입니다. 부디 생일날마다 —생일이란 원래 자신을 기념하는 날이기도 하니까요— 저를 위해 저 장미를 구해 그것을 꽃병에 꽂아 주세요. 임이시여, 다른 사람들이 1년에 한 번 죽은 여인을 위해 미사를 드리듯이, 제발 그렇게 해 주세요. 저는 하느님을 믿지 않으며 미사도 제겐 의미가 없습니다. 저는 오로지 당신만을 믿고, 당신만을 사랑합니다. 저는 당신의 마음속에서만 살아가렵니다. 아, 1년에 단 하루만이라도 조용히, 당신 곁에 살았던 시절처럼 아주 조용히 당신의 마음속에 머물고 싶습니다. 사랑하는 분이시여, 그것이 당신께 드리는 처음이자 마지막 부탁이니… 당신께 감사드립니다. 저는 당신을 사랑하고 또 사랑하고… 부디 안녕히….

3

그는 떨리는 손으로 편지를 내려놓았다. 그러고
는 오랫동안 과거를 되새겨 보았다. 어렴풋한 기
억, 이웃집 소녀에 대한 기억이라든가 어떤 처녀에
대한 기억, 술집에서 만난 어느 여인에 대한 기억
이 서로 뒤얽혀 떠오르는 것 같았다. 그러나 기억
은 불명료하고 복잡하게 겹쳐 있었다. 그것은 마치
흐르는 물살의 맨 밑바닥에서 돌 하나가 간간이 빛
을 내며 형체 없이 떨고 있는 것과도 같았다. 그림

자의 물결이 머릿속을 오가기는 했지만, 어떤 형상을 이루지는 못하였다. 그는 감각으로 이런저런 기억을 더듬어 보기는 했으나, 그것을 재현하지는 못하였다. 그는 이 모든 형체들에 관해 꿈을 꾼 것 같았다. 간간이 그리고 깊이 꿈을 꾸었지만, 그렇다고 해서 어떤 형체를 붙잡은 것도 아닌 그런 꿈을 꾼 것 같았다.

순간 그의 눈길이 문득 책상 위에 놓인, 바로 자기 앞에 놓인 푸른 꽃병에 머물렀다. 그런데 꽃병은 텅 비어 있었다. 지난 몇 년 이래 처음으로 그의 생일날, 꽃병에 아무것도 꽂혀 있지 않았던 것이었다. 그는 깜짝 놀랐다. 돌연 아무도 모르게 문이 활짝 열리며, 차가운 기류가 다른 세계로부터 그의 정지된 공간으로 흘러드는 듯싶었다. 그는 한 여인의 죽음과 불멸의 사랑을 느꼈다. 그는 자신의 영혼 깊은 곳에서 무엇인가가 허물어지는 것을 감지했다. 그는 멀리서 울려오는 음악소리에 귀를 기울

였다. 이렇게 눈에 보이지 않는 여인의 그림자를
마음속으로 애틋하게 그리고 있었다.

역자 해설

이 책을 지은 슈테판 츠바이크Stefan Zweig는 1881년 오스트리아의 수도 빈의 유태인 혈통의 가문에서 태어났다. 일찍부터 보들레르와 베를렌의 시에 심취한 츠바이크는 20세의 나이에 상징주의와 표현주의의 영향이 뚜렷이 각인된 첫 시집《은빛 현Silberne Saiten》을 내놓으면서 본격적으로 문학 활동을 시작했다.

하지만 그는 시 외에도 소설과 전기에 아주 탁월

한 능력을 발휘했다. 이 책《모르는 여인의 편지Brief einer Unbekannten》라든가 《감정의 혼란》, 《환상의 밤》 등의 소설과 《마리 앙투아네트》를 비롯한 《세계의 건축가》(원당희 역, 《천재 광기 열정》 1·2, 세창미디어, 2009) 등의 전기는 그의 부드럽고도 열정적이며 자유지향적인 성격과 문학세계를 대변한다.

특히 섬세한 시적 감각을 바탕으로 하는 프로이트적 성애의 묘사는 그가 동시대의 산문작가들 가운데 어느 누구도 따르지 못할 정도로 폭발적인 인기를 누리게 했다. 이런 점 때문에 그의 대중적인 인기가 비평가들 사이에서 오히려 비난의 대상이 되기도 했다. 하지만 에로티시즘적인 경향을 통하여 독특하게 표현되는 그의 작품의 예술성의 진수는 토마스 만 같은 거장에 의해 "사랑과 자유정신의 분출"로서 높이 평가받았다.

이 책《모르는 여인의 편지》에서 우리는 이와 같은 그의 문학적 면모를 확인할 수 있다. 장르의 특성을 보면 이 작품은 한국에서는 대략 중편 소설에 해당하는 '노벨레'라는 범주에 속한다. 그는 이 장르의 분야에서 시와 장편 소설의 절묘한 배합을 시도하면서 노벨레의 본래적 성격인 아주 기이하고 괴상한 것, 일상성에서 벗어나는 특이하고 흥미로운 것을 주관적 감흥에 따라 역동적으로 그려 낸다. 예를 들어 이 작품의 소재라든가 주인공의 성격, 궁금증과 호기심을 유발하는 사건의 빠른 전개는 바로 노벨레적인 특성에서 나오며, 인간의 미묘한 심리를 분석하는 방법은 프로이트적인 영혼의 해부학에 기인한다.

말하자면 특수한 인간의 별난 이야기가 그의 작품 전면에 부각되는데, 어느 날 비밀스런 편지를 보내는 이 소설의 주인공도 일반적으로는 상상하기 어려운 특이한 개성과 행위를 독자에게 선사한다. 그녀는 문틈이나 열쇠구멍, 창문을 통해 한 남자의 행동을 남몰래 관찰하고, 그의 머리끝에서 발

끝까지 알아내려고 노력한다. 그러나 기나긴 세월을 헌신적인 사랑으로 자신의 모든 것을 바친 그녀가 남자의 기억 속에는 전혀 없는 낯선 여인, 망각의 존재라는 것이 츠바이크가 예리하게 잘라 내는 인간 심리의 한 단면도이다. 한 사람의 절대적 관심과 절대적 사랑이 타인이라는 대상으로부터는 절대적 무관심으로 되돌아오는 기묘한 인간관계는 우리 모두가 되새겨 볼 만한 본질적인 사랑의 문제를 제기하는 것이다.

츠바이크의 소설에서 평범한 삶을 거부하는 병적 존재라든가 괴벽성의 인간, 성적 충동에서 유발된 비극이 흥미로운 인간 유희를 연출하면서도, 결국은 단순한 에로티시즘을 넘어서 '사랑과 자유 정신'으로 승화되는 이유도 여기에 있다. 작가 자신은 이에 대해 "관계와 관계를 헤아리는 것이 내 핏속까지 자극한다. 특수한 인간들은 그들의 순수한 현존을 통해 내 인식 욕구에 불을 지핀다"라고 말

한다.

　오로지 사랑과 자유만을 위해 예술가적 삶을 살아간 츠바이크는 죽음도 '자유의지'에 따라 결정한다. 독일 파시즘의 박해를 피해 처음에는 스위스와 영국으로 이주한 유태인 계열의 이 작가는 1942년 브라질에서 젊은 부인과 동반자살을 함으로써 그야말로 '자유롭고 영원한 안식처'를 찾았다. 그는 마지막으로 그의 친구와 동료들에게 "나는 이 시대에 어울리지 않는다. 이 시대는 내게 불쾌하다"라고 아주 짤막한 작별 인사를 남겼다.

모르는 여인의
편지